헛간, 불태우다

Barn Burning

윌리엄 포크너
김욱동 옮김

헛간, 불태우다

Barn Burning

1954년, 칼 반 백튼이 촬영한 윌리엄 포크너

차례

가뭄이 든 9월

1

　예순 날하고도 이틀 동안이나 비 한 방울 내리지 않아 핏빛으로 물든 9월 석양을 뚫고 소문이라고 할지, 이야기라고 할지 하는 것이 메마른 풀밭에 타오르는 들불처럼 번져 갔다. 미스 미니 쿠퍼와 어느 흑인에 관한 내용이었다. 공격당하고 모욕당하고 공포감을 느끼게 했다는 이야기였다. 토요일 저녁 이발소 안, 퀴퀴한 포마드와 로션 냄새, 사람들의 텁텁한 입 냄새와 땀 냄새가 끊임없이 풍기는 가운데, 천장에 매달린 선풍기가 후텁지근한 공기를 정화해 주기는커녕 사람들에게 되돌려 보내고 있었다. 이 이발소에 모여 있는 사람 중 어느 누구도 사건의 진상을 정확히 알지 못했다.

　"윌 메이스가 아니라는 것만은 확실해." 이발사가 말했다. 모래 같은 갈색 피부의 중년으로 몸이 여위고 얼굴이 온화한 그는 지금 한 손님에게 면도를 해 주고 있었다. "윌 메이슨은 내가 알거든. 그 친구는 착한 흑인이야. 그리고 난 미스 미니 쿠퍼도 알지."

"그 여자에 대해 뭘 안다는 거야?" 다른 이발사가 물었다.

"어떤 여잔데요?" 손님이 물었다. "젊은 아가씨인가요?"

"아니, 한 마흔쯤 됐을 거요." 이발사가 대답했다. "결혼은 안 했고. 그래서 난 믿지 않는 거지……."

"믿지 않다니, 빌어먹을!" 땀으로 얼룩진 실크 셔츠를 입은 덩치 큰 젊은이가 내뱉었다. "아저씨는 백인 여자 말보다 흑인 녀석 말을 더 믿는다는 거요?"

"윌 메이스가 그런 짓을 할 리 없어." 이발사가 대꾸했다. "난 윌 메이스를 잘 아니까."

"그렇다면 아저씨는 누가 그 짓을 했는지도 알겠네요. 어쩌면 그 흑인 놈을 이 읍내에서 벌써 빼돌렸는지도 모르겠군요, 흑인애인[1] 아저씨?"

"난 누군가가 그런 짓을 했다는 게 도무지 믿기지 않아. 아무 사건도 일어나지 않았다고 봐. 아무리 결혼하지 않았다 해도 나이를 그만큼 먹은 여자가, 남자가 어떤 족속인지 모른다는 게……. 자네들 마음대로 생각하게."

"젠장, 그러고도 아저씨가 백인이라고 할 수 있나요." 손님이 내뱉었다. 그렇게 말하면서 그는 천 아래에서 몸을 움직였다. 젊은이는 자리에서 벌떡 일어났다.

"믿지 않는다고요? 그럼 백인 여자가 거짓말이라도 하고 있다고 나무라는 겁니까?"

이발사는 반쯤 몸을 일으킨 손님 위쪽으로 면도칼을 쳐들

---

1 niggerlover. 흑인을 옹호하는 백인을 경멸적으로 일컫는 용어. 보통 한 단어로 붙여서 사용한다.

고 있었다. 그는 주위를 돌아보지 않았다.

"빌어먹을, 이놈의 날씨 때문이야." 또 다른 손님이 내뱉었다. "사내 녀석이 무슨 짓이라도 하게 만들 날씨잖아. 그 여자한테도 말이지."

그러나 아무도 웃지 않았다. 이발사는 부드럽지만 고집스러운 말투로 말했다. "난 누구를 나무라려는 게 아니야. 다만 결혼하지 않은 여자가 어떻다는 걸 나도 알고, 자네들도 안다는⋯⋯."

"빌어먹을, 흑인애인!" 젊은이가 내뱉었다.

"입 닥쳐, 버치." 다른 사람이 말했다. "진상을 알아보고 행동해도 안 늦어."

"누가 그럴 건데요? 도대체 누가 그 진상을 알아낸단 말인가요?" 젊은이가 대꾸했다. "진상 좋아하시네, 개한테나 던져주라고 해! 난⋯⋯."

"자넨 훌륭한 백인이야." 손님이 말했다. "안 그런가?" 턱에 비누 거품을 잔뜩 묻힌 그 사람은 마치 영화에 나오는 사막 쥐처럼 보였다. "잭, 그만두게." 그가 젊은이에게 말했다. "이 읍내에 다른 백인이 없다면 내가 도와주겠네. 내 비록 떠돌이 외판원에 지나지 않지만."

"그렇게 하면 되겠네, 젊은이들." 이발사가 말했다. "먼저 진상을 알아보게. 난 윌 메이스를 잘 알거든."

"젠장, 잘도 알겠지!" 젊은이가 큰 소리로 내뱉었다. "이 읍내에 산다는 백인이⋯⋯."

"입 다물게, 버치." 두 번째 사람이 말했다. "우리에겐 아직 시간이 많아."

손님이 의자에 꼿꼿하게 앉았다. 그는 방금 말한 사람을 처다보았다. "흑인 놈이 백인 여자를 범했는데 무언가로 용서받을 수 있다고 주장하는 건가요? 그러고도 당신이 백인이고, 또 백인의 가치를 지지한다는 말인가요? 당신은 고향 북부로 돌아가는 게 좋을 거요. 이곳 남부에서는 당신 같은 사람은 필요 없으니까."

"북부라니 그게 무슨 말이야? 난 이 읍내에서 나고 자란 사람이야." 두 번째 사람이 대꾸했다.

"이거야 원, 젠장!" 젊은이가 내뱉었다. 그는 자신이 하고 싶은 말이나 행동을 기억해 내려는 듯 긴장하고 당혹스러운 눈으로 주위를 둘러보았다. 그러고 나서 소맷자락으로 얼굴에 흐르는 땀을 닦았다. "젠장, 백인 여자가 당하게 그냥 내버려 둔다면……."

"그만두라니까 그러네, 잭." 떠돌이 외판원이 말했다. "맹세하건대, 만약 그들이……."

바로 그때 이발소 방충망이 요란하게 열렸다. 사내 하나가 두 다리를 쩍 벌린 채 바닥에 서자 육중한 몸이 금방 균형을 잡았다. 흰 셔츠의 목 부분은 풀어 헤쳤고, 중절모를 쓰고 있었다. 그는 강렬하고 도전적인 시선으로 사람들을 둘러보았다. 매클렌던이라는 사람이었다. 프랑스 전선에서 병사들을 지휘한 그는 무공 훈장을 받은 인물이었다.[2]

"이보시오, 이곳에 죽치고 앉아서 흑인 놈 하나가 제퍼슨 거리를 활보하며 백인 여자를 강간하도록 내버려 둘 참이오?"

그러자 잭 버치가 또다시 벌떡 의자에서 일어났다. 실크

---

2 미국은 1917년에야 1차 세계 대전에 참전했고. 미군은 주로 이미 확고한 진지를 구축한 프랑스 부대나 영국 부대를 지원하는 역할을 했다.

셔츠가 그의 우람한 두 어깨에 찰싹 달라붙어 있었다. 셔츠 겨드랑이 양쪽에는 반달 모양의 땀자국이 나 있었다. "지금 내가 이 사람들에게 바로 그 얘기를 하고 있었죠! 제 말은……."

"정말로 그런 일이 일어난 겁니까?" 세 번째 사나이가 물었다. "호크쇼 말처럼, 그 여자는 사내에게 끔찍한 일을 당한 게 이번이 처음이 아니죠. 한 일 년 전쯤에도 남자 하나가 부엌 지붕에 올라가서 그 여자가 옷 벗는 모습을 훔쳐본 일이 있지 않았나요?"

"뭐라고요? 그게 무슨 말이에요?" 손님이 물었다. 이발사는 천천히 그를 의자에 도로 앉혔다. 손님은 비스듬히 누워 고개를 쳐든 채 옴짝 못 하고 붙들려 있었고, 이발사는 계속 그의 몸을 아래쪽으로 누르고 있었다.

매클렌던이 세 번째로 말한 사람에게 획 하고 몸을 돌렸다. "그런 일이 일어났냐고? 그게 뭐가 그리 중요한가? 정말 그런 일이 일어날 때까지 흑인 녀석들을 그냥 놔둘 거란 말이오?"

"내가 지금 이 사람들에게 하는 말이 바로 그겁니다!" 버치가 소리를 질렀다. 그는 한참이나 쉬지 않고 두서없이 욕지거리를 퍼부어 댔다.

"이봐, 이보라고!" 네 번째 사람이 말했다. "너무 크게 떠들지 마. 그렇게 큰 소리로 말하지 말라고."

"그래 맞아. 그렇게 크게 말할 필요도 없지." 매클렌던이 말했다. "내가 할 말은 다 했으니까. 누가 나랑 같이 가겠나?" 그는 발바닥 앞 부분으로 서서 몸의 균형을 잡은 채 주위를 둘러보았다.

이발사가 다시 떠돌이 외판원의 머리를 누르고는 면도칼을 들었다. "여보게들, 먼저 진상을 밝혀내야 할 거야. 난 윌 메이스라는 친구를 잘 알거든. 범인은 그 사람이 아니야. 치안 관을 불러 일을 제대로 처리하자고."

그러자 매클렌던이 잔뜩 화가 나서 굳은 얼굴로 이발사를 쏘아보았다. 이발사는 그의 시선을 피하지 않았다. 두 사람은 마치 다른 인종이라도 되는 것 같았다. 다른 이발사들도 누워 있는 손님 위에서 하던 일을 멈췄다. "그러니까 당신 말은, 백인 여자보다 흑인 놈 말을 더 믿는다는 거지?" 매클렌던이 내뱉었다. "이거야 원, 당신은 빌어먹을 흑인애인……."

세 번째 말한 사람이 자리에서 일어나 매클렌던의 팔을 붙잡았다. 그 역시 한때는 군인이었다. "자, 자, 이봐. 어떻게 된 일인지 한번 알아보자고. 진짜로 어떤 일이 일어난 건지 아무도 모르고 있잖나?"

"알아보자니, 빌어먹을!" 매클렌던이 그의 팔을 뿌리쳤다. "나하고 같이 갈 사람은 일어나요. 같이 가지 않을 작자들은……." 그는 소맷자락으로 얼굴을 훔치며 주위를 둘러보았다.

세 사람이 일어섰다. 떠돌이 외판원도 이발용 의자에서 일어나 앉았다. "여기도 있어요." 목에 감긴 천을 잡아당기며 그가 말했다. "이 헝겊 쪼가리 좀 치워 줘요. 나도 따라가겠소. 난 이 읍내에 살진 않지만, 우리 어머니, 마누라, 누이동생이 그런 일을 당한다면……." 그는 헝겊으로 얼굴을 닦더니 바닥에 휙 내동댕이쳤다. 매클렌던은 문가에 버티고 서서 같이 가지 않는 사람들에게 욕설을 퍼부었다. 또 한 사람이 일어나 그에게로 걸어갔다. 나머지 사람들은 서로의 얼굴을 보지 않고 불안하게 앉아 있더니 하나둘 자리에서 일어나 그와 합세했다.

이발사는 바닥에 떨어진 헝겊을 집어 들었다. 그러고는

그것을 단정하게 접기 시작했다. "이보게들, 그러지들 말게. 월 메이스는 절대로 그런 짓을 할 사람이 아니야. 내가 잘 알거든."

"자, 갑시다." 매클렌던이 말했다. 그러고는 몸을 홱 돌렸다. 그의 바지 뒷주머니에서는 묵직한 자동 권총 손잡이가 불룩 튀어나와 있었다. 그들은 이발소 밖으로 나갔다. 그들이 나가고 난 뒤 방충망 문이 쾅 하고 닫히면서 그 소리가 무거운 공기 속으로 울려 퍼졌다.

이발사는 세심하면서도 재빠르게 면도칼을 닦아 치워 놓고는 뒤쪽으로 뛰어가 벽에 걸려 있는 모자를 집어 들었다. "최대한 빨리 돌아오겠네." 그가 다른 이발사들에게 말했다. "그냥 내버려 둘 수가……." 그가 벌써 이발소 밖으로 뛰쳐나가고 있었다. 다른 이발사 둘이 얼른 그를 쫓아갔지만 튕겨 돌아온 문을 붙잡고는 몸을 내민 채 그를 좇으며 거리를 쳐다보았다. 공기는 생기라곤 조금도 없이 무겁게 가라앉아 있었다. 혀끝에 차가운 금속 맛이 느껴졌다.

"저 사람이 무슨 일을 할 수 있겠어?" 첫 번째 이발사가 말했다. 두 번째 이발사는 목소리를 죽여 말하고 있었다. "맙소사, 이거야 원! 호크, 저 사람 매클렌던을 화나게 하면 월 메이스와 같은 처지가 될 텐데."

"맙소사, 맙소사!" 두 번째 이발사가 속삭였다.

"자네는 그자가 그 여자한테 정말로 그 짓을 했을 거라고 생각하나?" 첫 번째 이발사가 물었다.

2

그 여자는 서른여덟이나 서른아홉 살쯤 되었다. 병약한 어머니와 가냘픈 몸에 얼굴색이 누렇게 떴지만 활력 넘치는 이모랑 함께 조그마한 목조 주택에서 살고 있었다. 그녀는 오전 10시에서 11시 사이에 레이스로 장식한 내실용 모자를 쓰고 현관으로 나와 정오까지 그곳에 걸린 그네를 타며 앉아 있곤 했다. 늦은 점심을 먹은 뒤에는 오후의 더위가 물러갈 때까지 한동안 침대에 드러누워 있었다. 그러고 나서 해마다 여름이면 입는 무명 보일[3] 옷 서너 벌 중 하나를 입고 시내로 나가 다른 여자들과 가게에서 시간을 보냈다. 그들은 살 마음이 전혀 없으면서도 물건을 만지작거리며 냉정하고 다급한 목소리로 물건 값을 깎기도 했다.

그 여자는 제퍼슨에서 최고라고는 할 수 없어도 꽤 괜찮은 부류로 비교적 넉넉하게 사는 편이었다. 보통의 외모에 여전히 호리호리한 몸매의 그녀는 밝지만 조금은 도전적이었고 옷차림도 그러했다. 어린 시절에는 날씬하고 활력이 넘치는 데다 생기발랄하여 읍내 사교계에서 얼마간 정상(頂上)을 차지했다. 아직 계급 의식을 느끼지 않을 만큼 어렸을 때 또래 친구들과 어울리는 중·고등학교 축제나 교회 모임에서 말이다.

그 여자는 자신이 점점 입지를 잃고 있다는 사실을 전혀 깨닫지 못했다. 그녀보다 그다지 밝고 쾌활하지 못한 다른 여자들이 남자들의 속물근성과 여자들의 복수심이라는 기쁨을 익혀 가기 시작했다는 사실을 깨닫지 못했던 것이

---

3   무명·양털·면주로 만든 반투명의 엷은 피륙.

다. 밝은 얼굴에 도전적인 표정을 짓기 시작한 것은 바로 그 무렵이었다. 그녀는 어두컴컴한 주랑 현관이나 여름 잔디밭의 파티에서 두 눈에 진실을 거부하는 당황스러운 표정을 짓고 마치 가면이나 깃발 같은 얼굴로 나타났다. 그러다가 어느 날 저녁 파티에서 학교 친구들인 한 남자애와 두 여자애가 하는 얘기를 들었다. 그 뒤로 그녀는 어떤 초대에도 응하지 않았다.

그 여자는 함께 자란 여자애들이 결혼하여 가정을 꾸리고 아이들을 낳는 모습을 지켜보았다. 그러나 몇 해 동안 그들의 아이들이 자라나 그녀를 '아줌마'라고 부르게 될 때까지도 진지하게 그녀를 방문하는 남자는 아무도 없었다. 한편 그 아이들의 엄마들은 밝은 목소리로 아이들에게 미니 아줌마가 옛날에 얼마나 인기 많은 여자였는지 얘기해 주었다. 그러고 난 뒤 일요일 오후만 되면 그녀가 은행 직원과 함께 드라이브를 즐기는 모습이 읍내 사람들 눈에 띄기 시작했다. 남자는 마흔쯤 되는 홀아비였는데 불그레한 얼굴에 늘 이발소 냄새나 위스키 냄새가 조금 풍겼다. 그 남자는 읍내에서 제일 먼저 자동차를 소유한 사람으로, 붉은색 소형 오픈카를 몰았다. 그래서 미니는 읍내에서 차량용 보닛과 베일을 쓴 최초의 여자가 되었다. 그때부터 읍내 사람들은 "불쌍한 미니!" 하고 수군거리기 시작했다. "하지만 성인이니 어련히 알아서 처신하겠지." 다른 사람들은 이렇게 말했다. 그 여자가 옛날 학교 친구들에게 아이들더러 '아줌마' 대신 '사촌 누나'나 '사촌 언니'라고 부르게 하라고 부탁하기 시작한 것은 바로 그 무렵이었다.

그 여자가 여론에 따라 간통녀라고 낙인찍힌 지 12년, 그리고 은행 직원이 멤피스[4] 은행으로 전근 간 지 8년이 되었다. 그 남자는 해마다 크리스마스가 되면 하루 읍내에 돌아와 강변에 있는 사냥 클럽의 총각 파티에서 시간을 보내곤 했다. 이웃 사람들은 커튼 뒤에 숨어 두 사람이 지나가는 모습을 지켜보았다. 크리스마스 휴가에 잠시 들른 동안 이웃 사람들은 그녀에게 그 사람에 관해 이런저런 말을 하곤 했다. 그의 신수가 얼마나 훤해졌는지, 그가 멤피스에서 얼마나 잘나가는지 얘기하면서 은밀하고도 밝은 눈길로 도전적이고 밝은 그녀의 얼굴을 지켜보았다. 보통 그 시간쯤 되면 그녀 입에서는 위스키 냄새가 풍기곤 했다. 위스키는 소다수 가게 점원인 한 청년이 그녀에게 사 준 것이었다. "네, 맞아요. 나이 든 처녀를 위해 제가 사 줬죠. 그 여자도 조금은 즐길 자격이 있다고 생각하거든요."

그 여자의 어머니는 이제 방에만 틀어박혀 지냈고, 살림은 뼈쩍 마른 이모가 도맡았다. 그런 상황에서 미니의 화려한 의상과 그녀가 보내는 게으르고 공허한 나날은 마을 사람들에게서 분노를 자아낼 만큼 현실과는 동떨어져 있었다. 저녁이 되면 그녀는 이제 이웃 여자들과 어울려 영화를 보러 돌아다녔다. 오후에는 새로 산 옷을 입고 혼자서 시내로 나갔다. 거리에는 그녀의 어린 '사촌들'이 벌써 비단결처럼 부드러운 머릿결과 가는 팔뚝과 엉덩이를 어색하게 흔들어 대며 소다수 가게에서 젊은이들과 짝을 지어 소리를 지르고 키득거리면서 서로에게 달라붙어 있었다. 그 여자가 그들을 지나 빽빽

---

4   테네시주 남부에 있는 도시로 제퍼슨(옥스퍼드의 가공의 이름)에서 북쪽으로 140킬로미터쯤 떨어져 있다. 자동차로 1시간 30분 정도 걸린다.

이 늘어선 가게 앞을 따라 걸어가노라면 문가에 빈둥거리며 앉아 있는 사내들은 더 이상 그녀에게 눈길조차 주지 않았다.

3

이발사는 빠른 걸음으로 거리를 걸어 올라갔다. 그곳에는 날벌레가 모여드는 가로등이 드문드문 서 있었고 무겁게 가라앉은 공기 속에 매달린 불이 난폭하게 빛을 던지고 있었다. 하루가 관을 덮는 보자기 같은 먼지와 함께 저물어 가고 있었다. 어둠이 내려앉은 광장 위쪽으로 수의(壽衣)처럼 가는 먼지를 뒤집어쓴 하늘은 놋쇠로 만든 종의 안쪽만큼이나 투명했다. 동쪽 하늘 아래에는 평소보다 두 배로 커진 달이 무슨 소문처럼 떠 있었다.

그가 그들을 따라잡았을 때 매클렌던과 다른 세 사람이 골목에 세워 둔 차에 막 오르고 있었다. 매클렌던이 숱 많은 머리를 숙여 차창 밖으로 내다보았다. "드디어 생각이 달라진 거요?" 그가 물었다. "천만다행이로군. 장담하는데, 오늘 저녁 당신이 한 말을 내일 읍내 사람들이 전해 들으면……."

"자, 자, 그만해." 다른 제대 군인이 말했다. "호크쇼는 괜찮아. 자, 어서 차에 올라타게, 호크쇼."

"이보게들, 윌 메이스는 그 짓을 하지 않았어." 이발사가 말했다. "다른 사람이 그랬다면 몰라도. 글쎄, 나도 알고 자네들도 알잖아. 우리 읍내만큼 고분고분한 흑인들이 사는 곳은 없다는 것을. 그리고 여자들은 아무 이유가 없는데도 남자들에 대해 그런 일을 생각할지도 모르잖아. 더구나 미스 미니는……."

"그래 맞아, 맞다고." 제대 군인이 내뱉었다. "그래서 그 녀석에게 얘기 좀 하려는 거요. 그뿐이라고요."

"얘기 같은 소리 집어치워, 빌어먹을!" 버치가 버럭 소리를 질렀다. "진상을 모두 알아보고 난 뒤에……."

"제발, 입 닥쳐!" 제대 군인이 말했다. "당신이 원하는 게, 읍내 주민 모두가……."

"젠장, 주민들에게 말해!" 매클렌던이 말했다. "모든 주민에게 말하라고, 백인 여자를 건드리는 자식들은……."

"자, 출발하세, 출발하자고. 뒤쫓아 오던 차도 도착했어." 두 번째 자동차가 골목 입구에서 먼지구름을 일으키며 다가오고 있었다. 그러자 매클렌던이 시동을 걸고 앞장섰다. 먼지가 거리에 안개처럼 자욱하게 피어올랐다. 가로등 불빛이 마치 물속에 잠긴 듯이 후광을 내뿜고 있었다. 그들이 탄 차들은 읍내를 빠져나갔다.

바큇자국이 움푹 파인 오솔길이 오른쪽으로 꺾여 있었다. 도로 위에도, 대지 위에도 사방에 먼지가 피어올랐다. 흑인 메이스가 야간 경비원으로 일하는 얼음 공장의 어두운 몸체가 하늘을 배경으로 우뚝 솟아 있었다. "여기 잠깐 들러 보는 게 좋지 않겠어요?" 제대 군인이 제안했다. 매클렌던은 아무 대답도 하지 않았다. 그는 거칠게 차를 몰고 가 갑자기 멈춰 섰다. 헤드라이트 불빛이 텅 빈 벽에 비쳤다.

"이보게들, 만약 그 친구가 이곳에 있다면 그 친구가 그 짓을 하지 않았다는 사실이 입증되는 게 아닌가?" 이발사가 말했다. "안 그런가? 만약 그 친구가 그 짓을 했다면 벌써 달아났을 테니. 여기에 있을 리가 없지 않은가?" 뒤따라오던 자동차가 길을 올라와 멈춰 섰다. 매클렌던이 차에서 내렸다. 버치도 차에서 뛰어내려 그의 곁에 바짝 붙어 섰다. "이보게들, 내 말 좀 들어 봐." 이발사가 사정했다.

"헤드라이트를 꺼!" 매클렌던이 소리쳤다. 숨이 막힐 듯한 어둠이 밀려들었다. 지난 두 달 동안 살아온, 마를 대로 마른 먼지 속에서 공기를 들이마시려 하면 허파에서 나오는 소리 말고는 아무 소리도 들리지 않았다. 그리고 나서 매클렌던과 버치가 자박자박 내딛는 발소리가 점점 멀어지더니 조금 뒤 "윌! …… 윌!" 하고 부르는 매클렌던의 목소리가 들렸다.

동쪽 하늘에서는 달이 각혈을 한 듯 점점 창백해졌다. 달은 산등성이 위로 솟아오르면서 대기와 먼지를 은빛으로 물들이고 있었다. 그래서 그들은 마치 납을 녹여 만든 둥그런 그릇에 담겨 숨을 쉬며 사는 듯했다. 밤새들도 벌레들도 울지 않았고, 들리는 소리라곤 오직 그들의 숨소리와 자동차들이 엔진을 식히며 희미하게 내는 금속성 소리뿐이었다. 그들이 서로 몸을 부딪칠 때마다 습기가 나오지 않는 것으로 보아, 아마도 마른 땀을 흘리고 있는 듯했다. "빌어먹을!" 누군가가 내뱉었다. "여기서 나갑시다!"

그러나 그들은 앞쪽 어둠 속에서 어렴풋하게 시끄러운 소리가 들리기 시작할 때까지 꼼짝 않고 있었다. 그리고 나서 그들은 차에서 나와 바람 한 점 불지 않는 어둠 속에서 긴장한 채 기다렸다. 그때 또 다른 소리가 들렸다. 누군가를 때리는 소리, 쉿쉿 하고 숨을 몰아쉬는 소리, 그리고 매클렌던이 나지막하게 욕설을 퍼붓는 소리였다. 그들은 좀 더 기다리고 있다가 앞쪽으로 달려 나갔다. 마치 무언가로부터 도망치듯 그들은 떼를 지어 비틀거리며 달렸다. "죽여 버려! 개자식을 죽여 버려!" 목소리 하나가 속삭였다. 매클렌던은 그들을 뒤로 물리쳤다.

"이곳에선 안 돼." 그가 말했다. "녀석을 차에 태워." "그 새끼를 죽여. 흑인 녀석을 죽여 버려!" 방금 말한 목소리가 나지막하게 중얼거렸다. 그들은 차 쪽으로 흑인을 질질 끌고 왔다. 이발사는 차 옆에서 기다리고 있었다. 땀이 나면서 속이 메스꺼웠다.

"왜 그러십니까, 대위님?" 흑인이 물었다. "전 아무 짓도 안 했어요. 하느님께 맹세해요, 존 씨." 누군가가 수갑을 꺼냈다. 그들은 서둘러 흑인에게 수갑을 채웠다. 그는 마치 사람들의 길을 막고 묵묵히 서 있는 기둥 같았다. 그는 재빨리 어두워서 잘 보이지 않는 희미한 얼굴을 번갈아 바라보며 순순히 수갑을 찼다. "이분들은 도대체 누구입니까?" 그는 그들의 고약한 입 냄새와 땀 냄새를 맡을 수 있을 정도로 몸을 기울여 얼굴들을 빤히 살피며 물었다. 한두 사람의 이름을 부르기도 했다. "제가 무슨 짓을 했는지 말씀해 주시겠습니까, 존 씨?"

매클렌던은 휙 하고 자동차 문을 열어젖혔다. "어서 타!" 그가 명령했다.

그러나 흑인은 움직이지 않았다. "저를 어떻게 하려는 겁니까, 존 씨? 전 아무 짓도 하지 않았어요. 백인 여러분, 전 아무 짓도 하지 않았다고요. 하느님 앞에 맹세합니다." 그는 또다른 누군가의 이름을 불렀다.

"어서 타지 못해!" 매클렌던이 명령했다. 그는 흑인을 때렸다. 다른 사람들은 쉿쉿 하고 메마른 소리로 숨을 내쉬면서 그를 마구 때렸다. 그러자 그는 몸을 뒤틀며 그들에게 욕설을 퍼부었다. 수갑 찬 손을 그들의 얼굴을 향해 휘두르다가 그만 이발사의 입을 찢었고, 그러자 이발사도 그에게 주먹을 날렸다. "녀석을 차에 태워." 매클렌던이 소리쳤다. 그들은 흑인을 차 안에 밀어 넣었다. 그는 더 이상 반항하지 않고 차에 올라타 다른 사람들이 다 탈 때까지 조용히 앉아 있었다. 이발사와 제대 군인 사이에 앉은 그는, 그들 몸에 닿지 않으려고 팔다리를 잔뜩 오므렸다. 그의 두 눈은 쉴 새 없이 사람들의 얼굴을 빠르게 번갈아 훑고 있었다. 버치는 매달리듯 자동차 발판에 올라섰다. 차가 움직이기 시작했다 이발사는 손수건으로 입을 문질렀다.

"왜 그래요, 호크?" 제대 군인이 그에게 물었다.

"아무것도 아니오." 이발사가 대답했다. 그들은 한길로 들어 읍내에서 벗어났다. 뒤에서 따라오던 두 번째 차가 먼지 속으로 빠져나왔다. 그들은 속도를 내서 계속 달렸다. 읍내 어귀의 마지막 집들도 점차 멀어졌다.

"젠장, 이 녀석 냄새가 지독하군!" 제대 군인이 내뱉었다.

"우리가 말끔히 씻겨 줄 거야." 매클렌던 옆 조수석에 앉은 떠돌이 외판원이 말했다. 발판에 선 버치는 뜨겁게 밀려오는 바람에 대고 욕설을 퍼부었다. 이발사는 갑자기 앞쪽으로 몸을 기울이고 매클렌던의 팔을 붙잡았다.

"존, 나를 내려 주게." 그가 말했다.

"뛰어내리시지, 흑인애인!" 매클렌던이 고개도 돌리지 않고 내뱉었다. 그는 차를 계속 빠르게 몰았다. 그들 뒤편에서 먼지를 뚫고 나온 두 번째 차의 헤드라이트 불빛이 보였다. 곧 매클렌던은 좁은 길로 차를 꺾었다. 자동차들이 지나다니지 않아서 깊이 파인 바큇자국이 그대로 남아 있는 길이었다. 그 길은 버려진 벽돌 굽는 가마로 이어져 있었다. 붉은 흙더미와 잡초와 넝쿨이 뒤섞인 탓에 바닥이 보이지 않아서 깊이를 알 수 없는 큼직한 통 같은 가마들이었다. 어느 날 주인이 노새 한 마리를 잃어버리기 전까지 이곳은 목장으로 사용되었다. 주인은 노새가 있나 해서 가마 속으로 기다란 막대기를 넣어 신중하게 더듬어 보았지만 막대기는 바닥에 닿지 않았다.

"존!" 이발사가 사정했다.

"뛰어내리라니까 그러네." 매클렌던이 길에 파인 바큇자국을 따라 거칠게 차를 몰면서 말했다. 이발사 곁에 앉아 있던 흑인이 입을 열었다.

"헨리 씨." 흑인이 말했다.

이발사가 앞쪽으로 몸을 숙였다. 좁은 굴 같은 어두운 길이 밀려왔다가 다시 뒤편으로 물러났다. 차에 탄 사람들은 마치 꺼져 버린 용광로가 폭파하는 듯 움직였다. 식다 못해 완전히 꺼져 버린 용광로 말이다. 차는 이 바큇자국에서 저 바큇자국으로 널을 뛰면서 달려갔다.

"헨리 씨." 흑인이 말했다.

이발사가 거칠게 문을 발로 차기 시작했다. "조심해!" 제대 군인이 소리쳤다. 그러나 이발사는 이미 문을 열어젖히고는 발판 위로 몸을 옮긴 상태였다. 제대 군인이 흑인 너머로 몸을 기울여 그의 옷을 움켜잡았지만 그가 이미 몸을 날린 참이었다. 차는 여전히 속도를 줄이지 않고 달렸다.

충격으로 이발사는 흙먼지가 뒤엉킨 잡초 더미 너머 개울로 곤두박질쳤다. 그의 주위로 뿌연 먼지가 일었다. 그는 수액이 말라 거칠어진 풀밭 속에 드러누운 채 두 번째 차가 지나갈 때까지 헛구역질을 해 댔다. 그리고 나서 그는 일어나 큰길에 이를 때까지 절룩거리며 걸어갔다. 읍내를 향해 돌아서고 나서야 비로소 옷에 묻은 흙먼지를 떨어냈다. 달이 점점 높이 떠올라 마침내 흙먼지 너머로 솟아올랐고, 희뿌연 먼지 사이로 읍내 불빛이 보이기 시작했다. 그는 계속 절룩거리며 걸음을 옮겼다. 잠시 뒤 자동차 소리가 들리자 그는 길에서 벗어나 다시 풀밭에 몸을 웅크렸다. 마침내 매클렌던의 차가 다가왔다. 차 안에는 네 사람이 타고 있었고, 버치는 발판 위에 없었다.

그 차는 멈추지 않고 계속 달려 먼지 속으로 사라져 버렸다. 이제 자동차의 불빛도 보이지 않고 소리도 들리지 않았다. 차가 일으킨 흙먼지가 한동안 허공을 떠돌다가 가라앉았다. 이발사는 다시 길 위로 기어 올라와서 절룩거리는 다리로 읍내를 행해 걸음을 옮기기 시작했다.

4

토요일 저녁, 식사를 하려고 옷을 차려입는 그 여자의 몸은 열병을 앓고 있는 듯했다. 그녀의 두 손은 후크와 단춧구멍 사이에서 간단없이 떨렸고 그녀의 두 눈은 열에 들떠 있었으며, 그녀의 머리칼은 파삭하게 말라서 빗질에 갈라지는 소리를 냈다. 그녀가 속이 훤히 비치는 속옷과 스타킹, 새 보일 무명옷을 입는 동안 친구들은 의자에 앉아 기다렸다. "외출할 수 있을 만큼 건강해진 거야?" 눈동자를 음험하게 반짝이며 그들이 말했다. "충격에서 안전히 벗어나면 무슨 일이 있었는지 꼭 말해 줘야 해. 그 자식이 무슨 말을 했는지, 또 무슨 짓을 했는지 모든 것을. 하나도 빼놓지 말고 말이야."

그들이 나무 그늘을 통해 광장으로 걸어가고 있을 때 그 여자는 마치 물속으로 뛰어들 준비를 하는 수영 선수처럼 떨림이 멈출 때까지 심호흡을 하기 시작했다. 네 친구는 끔찍한 열기 때문에, 또 그녀에 대한 배려로 천천히 걸음을 옮겼다. 그러나 광장이 가까워지자 그녀는 다시 한번 몸을 떨기 시작했다. 고개를 쳐들고 두 손을 교차해서 양 옆구리를 바짝 끌어안았다. 열에 들떠 반짝이는 친구들의 눈동자가 웅얼거리는 목소리와 함께 그녀 주위에 맴돌았다.

그들은 광장으로 들어섰고, 그녀는 화려한 옷에 감싸인 연약한 모습으로 친구들에게 둘러싸여 있었다. 그녀는 전보다 더 심하게 몸을 떨었다. 마치 어린아이들이 아이스크림을 먹을 때처럼 점점 더 걸음이 느려졌다. 그녀는 고개를 쳐들고 도전적인 깃발 같은 얼굴에 두 눈을 반짝이며 호텔을 지났고, 인도에 나란히 놓인 의자에 앉아 그녀를 쳐다보는 윗도리를 걸치지 않은 외판원들 앞을 지나갔다. "저 여자야. 봤어? 가운에 분홍색 옷 입은 여자." "저 여자 말이야? 그 사람들, 흑인 녀석을 어떻게 했을까? 혹시……?" "뻔하지 뭐. 그 친구 괜찮겠지." "괜찮다니?" "아무렴. 그 친구 꽤 긴 여행을 떠났지." 그러고 나서 그녀는 약국을 지나갔다. 약국에서 빈둥거리던 새파랗게 젊은 애들이 모자에 손을 올려 인사까지 건네며 그녀의 엉덩이와 다리에서 눈을 떼지 않았다.

그들은 신사들을 지나쳐 계속 걸었으며, 신사들은 모자를 벗어 그들에게 인사를 하고 존경심에서인지 보호하기 위해서인지 갑자기 하던 말을 멈추었다. "너희 봤지?" 그녀의 친구들이 말했다. 그들의 목소리는 환희에 차서 쉿 하고 길게 내쉬는 한숨처럼 들렸다. "광장에 흑인이 없네. 단 한 명도."

그들은 마침내 극장에 도착했다. 로비에 불이 환하게 켜지고, 변화무쌍한 삶을 표현한 울긋불긋한 석판화들이 걸려 있는 극장은 마치 작게 축소해 놓은 동화 나라 같았다. 그 여자의 입술이 들먹거리기 시작했다. 불이 꺼지고 영화가 시작되면 모든 일이 괜찮아질 것이다. 웃음이 그렇게 빨리 또, 그렇게 곧바로 사라지지 않도록 그녀는 웃음을 자제할 수 있었다. 놀라서 나지막하게 말을 내뱉고 얼굴을 돌려 바라보는 사람들 앞으로 그녀는 재빨리 걸어갔다. 그들은 늘 앉던 자리에 가서 앉았고, 그곳에서 그녀가 은빛 섬광을 배경으로 복도를 바라보니 젊은 남녀들이 두 사람씩 짝을 지어 걸어오고 있었다.

불이 꺼지자 스크린은 은빛으로 빛났다. 그러자 곧 아름답고 정열적이고 비극적인 삶이 펼쳐지기 시작했다. 한편 젊은 남녀들이 향수 냄새를 풍기고 쉬쉬 소리를 내며 어스름한 어둠을 헤치고 들어왔다. 짝을 이룬 남녀의 실루엣이 우아하고 산뜻해 보였고, 날씬하고 민첩한 육체는 어색하지만 더할 나위 없이 한껏 젊음을 뽐내고 있었다. 그들 너머 스크린에는 은빛 꿈이 끝없이 펼쳐지고 있었다. 그녀는 다시 웃기 시작했다. 참으려 하니 소리가 전보다 더 크게 들렸다. 사람들이 고개를 돌려 쳐다보기 시작했다. 그녀가 계속해서 웃자 친구들이 그녀를 일으켜 극장 밖으로 데리고 나갔지만, 길가에 서서도 계속 날카로운 목소리로 웃어 댔다. 마침내 택시가 도착했고, 친구들이 그녀를 차에 태웠다.

그들은 그녀의 분홍빛 보일 무명옷과 속이 비치는 속옷과 스타킹을 벗긴 뒤 그녀를 침대에 눕히고 나서 얼음을 깨뜨려 관자놀이에 찜질을 해 주고 의사를 불렀다. 의사가 어디 있는지 알아내지 못하자 그들은 나지막하게 욕설을 하며 계속 얼음찜질을 하고 부채질을 해 주었다. 차가운 얼음으로 다시 찜질을 하자 그녀는 잠시 웃음을 멈추고 가만히 누워 조그맣게 신음할 뿐이었다. 그러나 곧 웃음이 또다시 쌓이고 쌓여 크게 신음했다.

"쉬이이이이이이이이이이! 쉬이이이이이이이이이이!" 얼음 팩을 새로 갈아 주며 친구들이 내뱉었다. 그녀 머리칼을 쓰다듬으며 새치가 있는지 살피기도 했다. "불쌍한 친구!" 그러고 나서 서로서로에게 물었다. "넌 정말로 무슨 일이 있었다고 생각하는 거니?" 은밀하면서도 열정에 불타는 그들의 눈이 음산하게 반짝거렸다. "쉬이이이이이이이이이이! 가엾은 친구! 불쌍한 미니!"

5

매클렌던은 자정이 되어서야 산뜻한 새집에 도착했다. 녹색과 흰색 페인트를 칠한 그의 집은 마치 새의 보금자리처럼 산뜻하고 신선하고 조그마했다. 그는 자동차 문을 잠근 뒤 바깥 현관으로 올라가서 집 안으로 들어갔다. 그의 아내가 독서등을 켜 놓고 의자에 앉아 있다가 자리에서 일어났다. 매클렌던이 마룻바닥에 멈춰 서서 아내를 뚫어지게 바라보자 그녀는 눈을 내리깔았다.

"시계를 보라고." 그가 한 손을 들어 시계를 가리키며 내뱉었다. 그녀는 얼굴을 숙이고 두 손으로 잡지를 쥔 채 그의 앞에 서 있었다. 창백한 그녀의 얼굴은 긴장되고 지쳐 보였다. "내가 언제 들어오나 보려고 이렇게 늦게까지 앉아 있지 말라고 하지 않았어?"

"여보." 그녀가 말했다. 그녀는 잡지를 내려놓았다. 남편은 발바닥 앞부분으로 서서 몸의 균형을 잡은 채 땀이 흐르는 얼굴에 화가 난 눈길로 그녀를 노려보았다.

"내가 말하지 않았냐고!" 그가 그녀를 향해 성큼 다가왔다. 그러자 그녀는 얼굴을 들어 그를 쳐다보았다. 그는 아내의 한쪽 어깨를 붙잡았다. 그녀는 잠자코 서서 남편을 쳐다볼 뿐이었다.

"그러지 말아요, 여보. 잠을 이룰 수가 없었어요…… 열기 때문에. 엄청나게 무더웠어요. 제발, 여보. 아파요."

"내가 말하지 않았냐고!" 그는 그녀를 놓아주고 난 뒤 때리듯이 의자에 내동댕이치다시피 했다. 그러자 그녀는 의자에 주저앉아 남편이 방에서 나가는 모습을 조용히 지켜보았다.

그는 집 안을 걸으면서 셔츠를 벗어젖혔다. 방충망을 단 어두운 뒤쪽 현관에 서서 셔츠로 머리와 어깨의 땀을 닦은 뒤 셔츠를 집어 던져 버렸다. 바지 뒷주머니에서 권총을 꺼내 침대 옆 테이블에 올려놓고는 침대에 걸터앉아 구두를 벗은 뒤 다시 일어나 바지를 벗었다. 그는 벌써 또다시 줄줄 땀을 흘리고 있었다. 고개를 숙이고 던져 버린 셔츠를 미친 듯이 다시 찾았다. 마침내 셔츠를 발견한 그는 다시 몸을 닦은 뒤 먼지 낀 방충망에 기대서서 숨을 몰아쉬었다. 아무 움직임도 없었고, 아무 소리도, 심지어 벌레 한 마리 우는 소리조차 들리지 않았다. 차가운 달과 잠시도 눈을 붙이지 않는 별 아래 암흑의 세계가 쥐 죽은 듯 누워 있는 것 같았다.

헛간, 불태우다

　치안 판사가 주재하여 재판이 열리고 있는 가게 안에서는 치즈 냄새가 났다. 사람들이 붐비는 가게 뒤쪽, 못을 담아 두는 통 위에 웅크리고 앉아 있던 소년은 치즈 냄새 말고도 다른 냄새가 난다는 것을 알았다. 그가 앉아 있는 곳에서는 죽 늘어선 선반 위에 땅딸막한 주석 통조림통들이 편리하게 빼곡히 쌓여 있는 모습이 보였다. 그런데 소년의 위(胃)는, 그의 마음에 아무런 의미도 없는 글자가 아니라, 오히려 악마처럼 생긴 진홍빛 동물과 은빛 곡선의 물고기를 보고 통조림통에 붙은 라벨을 읽어 내고 있었다. ― 그가 분명히 맡고 있는 이 치즈 냄새와 그의 창자가 맡고 있는 듯한 통조림통에 밀봉된 고기 냄새가 끊임없이 피어오르는 다른 냄새들, 즉 강렬하고도 오랜 맥박이라 할 절망과 비애에서 비롯하는 약간의 공포감과 그 냄새 사이로 짧게, 단속적으로 밀려오고 있었다. 소년에게는 치안 판사가 앉아 있고 그의 아버지와 아버지의 원수가 서 있는 탁자는 보이지 않았다. ('우리 원수인 거지.' 그는 그런 절망감에서 생각했다. '우리 원수고말고! 내 원수면서 동시에 그의 원수지! 저 사람은 내 아버지니까!') 그러나 소년 귓가에는 그들 두 사람, 그러니까 판사와 원수의 목소리만 들려왔다. 그의 아버지는 아직껏 한마디도 하지 않았기 때문이다.

"하지만 무슨 증거라도 있소, 해리스 씨?"

"말씀드렸잖습니까. 그놈의 돼지가 우리 옥수수밭에 들어왔다고요. 그래서 제가 그놈을 잡아 이 사람한테 돌려보냈죠. 이 사람 집엔 그놈을 가둬 놓을 돼지우리가 없어요. 그래서 이 사람에게 그런 말을 해 주고 경고도 했어요. 그런데 또 같은 일이 벌어지기에 우리 집 우리에 그 돼지를 넣어 뒀지요. 이 사람이 돼지를 찾으러 왔을 때 돼지우리를 만들라고 철조망까지 넉넉하게 줘서 돌려보냈습니다. 그런데 또다시 같은 일이 벌어져서 이번에는 그 돼지를 붙잡아 가둬 놓았습니다. 그러고는 말을 타고 이 사람 집으로 갔죠. 제가 준 철조망이 스풀에 둘둘 감긴 채 앞마당에 내팽개쳐져 있더군요. 저는 돼지우리 사용료로 1달러를 내면 돼지를 돌려주겠다고 했습니다. 그날 저녁 검둥이 녀석 하나가 1달러를 갖고 돼지를 찾으러 왔습니다. 처음 보는 검둥이였어요. 그런데 녀석이 이렇게 말하는 겁니다. '장작이랑 건초는 불에 잘 탄다고 전하라고 하더군요.' 그래서 제가 '지금 뭐라고 한 거야?' 하고 물었더니 그 검둥이가 이렇게 대답했습니다. '그 사람이 그렇게 전하라고 했어요. 장작이랑 건초는 불에 잘 탄다고요.' 그리고 그날 밤 우리 헛간[5]이 불에 타 버렸어요. 가축들은 겨우 밖으로 몰아

---

5 미국 남부 지방에서 '헛간(barn)'은 곡물, 가축, 농기구 등을 보관하는 창고로, 규모가 무척 크다. 소작으로 살아가는 '가난한 백인들'의 집보다 더 큰 경우도 많다.

냈지만 헛간은 모두 잿더미가 됐습니다."

"그 검둥이는 지금 어디 있소? 당신이 데리고 있소?"

"처음 보는 검둥이였다고 말씀드렸지요. 그러니 그 녀석이 지금 뭘 하는지 제가 알 길이 없죠."

"하지만 그런 말은 증거가 될 수 없소. 그게 증거가 될 수 없다는 걸 모르겠소?"

"저기 있는 저 아이를 이곳에 불러 주십시오. 저 아이는 알고 있을 겁니다." 해리스가 말했다. 그러자 소년은 그 사람이 말하는 아이가 자기 형이리라고 생각했다. 해리스가 이렇게 덧붙여 말하기 전까지는 말이다. "저 아이가 아닙니다. 저기 있는 조그마한 아이죠. 저 사내아이 말입니다." 지금껏 몸을 웅크리고 있던 소년은 나이에 비해 몸집이 왜소하고 자기 아버지처럼 작고 깡깡해 보이는 데다, 여기저기 기운 흔적이 있고 몸에 작은 빛바랜 청바지를 입고 있었는데, 곱슬곱슬하지 않은 갈색 머리칼은 온통 헝클어져 있고 잿빛 두 눈은 폭풍우에 밀려온 비구름처럼 거칠었다. 소년의 눈에 자신과 탁자 사이에 있던 얼굴들이 험상궂은 표정을 지으며 오솔길처럼 양쪽으로 갈라지는 광경이 보였다. 그리고 그 길 끝에서 깃이 없는 허름한 옷을 입고, 머리칼이 희끗희끗한 판사가 안경 너머로 자신을 바라보며 손짓하고 있었다. 그는 맨발이 닿는 마룻바닥의 감촉을 느낄 수 없었다. 그는 험상궂은 표정으로 자기를 돌아보는 사람들의 육중한 무게에 짓눌려 앞으로 걸어 나가는 듯했다. 재판 때문이 아니라 이사를 가는 날이라서 검은 정장을 차려입은 아버지는 꼿꼿이 선 채 그에게 눈길 한 번 주지 않았다. '저 사람은 내가 거짓말하기를 바라고 있는 거야.' 소년은 다시 한번 엄청난 비애와 절망을 느끼며 생각했

다. '그러니 난 그렇게 할 수밖에 없을 거야.'

"이름이 뭐냐, 얘야." 판사가 물었다.

"커널 사토리스 스놉스[6]입니다." 소년이 작은 목소리로 대답했다.

"뭐라고?" 판사가 말했다. "좀 더 크게 말해라. 커널 사토리스라고? 이 지방에서 '사토리스 대령'의 이름을 딴 사람이라면 누구든 진실만을 말해야 한다고 생각하는데, 안 그러냐?" 소년은 아무 대답도 하지 않았다. '원수! 원수!' 하고 그는 마음속으로 되뇔 뿐이었다. 잠시 동안 소년은 판사가 해리스라는 사내에게 "이 아이한테 물어보란 말이오?"라고 말할 때의 얼굴이 온화했는지 어땠는지도, 그의 목소리가 떨렸는지 어땠는지도 알 수 없었다. 하지만 그의 목소리만은 들을 수 있었다. 뒤이어 몇 초 동안 사람들이 빼곡하게 들어찬 가게 안에서 들리는 소리라고는 오직 나지막하게 반복되는 한결같은 숨소리뿐이었다. 마치 소년이 그네를 타고 포도 덩굴 끄트머리로 계곡 너머 멀리 날아올라, 그네 정점에 이르러서는 중력이 최면에 걸린 듯 무중력 상태로 지속되는 순간 속에 갇혀 버린 것 같았다.

"그만두시죠!" 해리스가 폭발하듯 거칠게 내뱉었다. "빌어먹을! 저 아이를 내보내십시오!" 그러자 이제 시간이, 유동적인 일상 세계가 소년 밑으로 다시 밀려오면서 치즈와 통조림 고기 냄새, 공포와 절망과 그 오래된 혈연의 비애를 뚫고

---

6 '커널(colonel) 사토리스'는 남북 전쟁 당시 남군 지휘관으로 참전한 존 사토리스 대령을 가리킨다. 그러나 여기서 '커널'은 계급이라기보다 이름의 일부로 사용되고 있다.

다시 한번 그를 향해 목소리가 들려왔다.

"이것으로 본 사건을 종료합니다. 스놉스, 당신 혐의를 입증할 만한 증거는 찾지 못했지만 충고 한마디 해야겠소. 이 마을을 떠나 다시는 돌아오지 마시오."

아버지가 처음으로 입을 열었다. 싸늘하고 귀에 거슬리는 높낮이도 강세도 없는 단조로운 목소리였다. "나도 그럴 생각입니다. 이런 인간들이 사는 마을엔 살고 싶지 않아서요⋯⋯." 딱히 누구를 염두에 두고 하는 말은 아니었지만 그는 차마 입에 담기 어려운 상스러운 말을 내뱉었다.

"그럼 됐소." 판사가 말했다. "마차를 타고 날이 어두워지기 전에 이 마을을 떠나시오. 재판을 끝냅니다."

아버지가 뒤로 돌아섰고, 소년은 뻣뻣한 검은 상의를 입은 강인한 사내의 뒤를 따랐다. 그 사내는, 30년 전 훔친 말을 탄 자기 발뒤꿈치에 남부 연방[7] 헌병대 초병이 머스킷[8] 총탄을 발사해서 생긴 부상으로 조금 뻣뻣하게 걷고 있었다. 소년은 이제 두 사람의 등 뒤에서 걷고 있었다. 아버지보다 키는 작았지만 덩치는 더 큰 그의 형이 줄기차게 씹는담배를 질겅거리며 사람들 사이를 뚫고 어디에선가 불쑥 나타났다. 양쪽으로 갈라선 험상궂은 표정의 사람들 사이를 지나서 가게를 벗어나 낡은 복도를 가로질러 축 처진 계단을 내려왔다. 개들과 제법 청년티가 나는 사내아이들 사이로 포근한 5월의 흙먼지를 지날 때 한 목소리가 그의 귓가에 들려왔다.

---

7   남부 연방은 1861년 2월 미국 남부의 7개 노예주 중 6개 주가 연방 탈퇴를 선언하고 수립한 정부다. 남부 연방은 공식적으로 미국 연방 탈퇴를 선언한 11개 주와 선언 여부가 확실하지 않은 2개 주, 그리고 준주 하나를 구성 국가로 인정했다.

8   강선(腔線)이 없는 구식 소총.

"헛간에 불을 지른 놈!"

소년은 또다시 몸을 한 바퀴 돌렸지만 눈에 보이는 것은 아무것도 없었다. 그러다가 붉은 연무 속에서 덩치가 그의 절반쯤 되는, 보름달보다 더 크고 달처럼 둥근 얼굴 하나가 눈에 들어왔다. 소년은 붉은 연무 속에서 그 얼굴을 향해 달려들었는데, 날아든 주먹도, 머리가 땅바닥에 부딪힐 때의 충격도 전혀 느끼지 못했고, 필사적으로 일어나 다시 달려들었지만 이번에도 역시 주먹도, 입속에 고인 피도 느끼지 못한 채 땅바닥에서 힘겹게 일어나며 보니 다른 사내아이가 줄행랑을 치고 있었다. 소년이 박차고 일어나 녀석을 쫓아가려 하자 아버지가 그의 목덜미를 낚아채며 거칠고 차가운 목소리로 이렇게 말했다. "어서 마차에 올라타거라."

마차는 길 건너편 아카시아나무와 뽕나무 숲에 서 있었다. 마차에는 일요일에 입는 나들이옷을 차려입은 뚱뚱한 누나 둘과 거친 무명옷에 햇빛 가리는 모자를 쓴 어머니와 이모가 이미 타고 있었다. 소년이 기억하는 것만도 열두 번이 넘는 이사를 하면서 남아 있던 물건들 — 쭈그러진 난로와 부서진 침대들과 의자들, 까마득히 잊힌 어느 날의 2시 14분을 가리키며 멈춰 선, 어머니의 혼수품인 자개 박힌 시계 — 위편이나 사이에 그들은 앉아 있었다. 울고 있던 어머니는 소년을 보자 소매로 눈물을 훔치고는 마차에서 내려오려 했다. "다시 올라타." 아버지가 말했다.

"다쳤잖아요. 물을 갖다가 씻어 줘야……."

"그냥 마차에 타고 있으라니까." 아버지가 말했다. 소년도 마차 뒤쪽 문으로 올라탔다. 그의 아버지는 형이 벌써 앉아 있는 앞쪽 마부 자리로 오르더니 껍질을 벗긴 버드나무 채찍으로 삐쩍 마른 노새의 등을 두 번 세게, 그러나 전혀 열의 없이 후려갈겼다. 심지어 가학적이지도 않았다. 뒷날 그의 후손들이 자동차의 시동을 걸 적에 필요 이상으로 엔진을 가열시키는 행동과 완전히 같았다고나 할까. 그와 똑같은 동작으로 아버지는 마차를 몰았다. 마차는 움직이기 시작했고, 아무 말 없이 험상궂은 얼굴로 그들을 지켜보던 가게 안 사람들을 뒤로하고 굽은 길로 들어서자 더 이상 그들의 모습은 보이지 않았다. '저들과는 영원히 헤어지는 거야.' 하고 그는 생각했다. '어쩌면 지금쯤 저 사람은 만족하고 있겠지. 그 일을 해냈으니⋯⋯.' 여기서 소년은 생각을 멈췄다. 비록 자기 자신에게조차 마음속으로 우렁차게 내뱉을 수 없었기 때문이다. 그때 그의 어머니 손이 그의 어깨에 닿았다.

"아프지?" 어머니가 물었다.

"아뇨." 소년이 대답했다. "아프지 않아요. 그냥 나를 내버려 둬요."

"피가 말라붙기 전에 닦아 낼 수 없겠니?"

"오늘 밤에 씻을게요." 소년이 말했다. "그냥 날 내버려 두라니까요."

마차는 쉬지 않고 계속 앞으로 나아갔다. 소년은 자기들이 어디로 가는지 알 수 없었다. 식구 중 어느 누구도 알지 못했고, 물어보려고도 하지 않았다. 하루나 이틀, 또는 사흘이 지나면 늘 어딘가에서 늘 어떤 종류의 집이 그들을 기다리고 있었기 때문이다. 마치 도착하기도 전에 아버지가 다른 농장에서의 소작 일을 이미 정해 놓은 것 같았다⋯⋯. 또다시 소년은 생각을 멈춰야 했다. 더 이상 생각해 봤자 아무 소용이 없었다. 그(그의 아버지)는 늘 그런 식이었으니 말이다. 아버지의 늑대와 같은 자립심에는, 심지어 이득이 별로 없는 경우에 보이는 담력에도 낯선 사람들을 움직이는 무언가가 있었다. 마치 낯선 사람들은 그의 탐욕스러운 잠재적 잔인함에서 어떤 신뢰감을 얻기보다는 오히려 자기 행동이 옳다고 믿는 그의 엄청난 확신에서 그와 이해 당사자 모두에게 이득이 생길지 모른다는 어떤 느낌을 받는 것 같았다.

그날 밤 그들은 샘물이 흐르는, 참나무와 너도밤나무 숲에서 야영을 했다. 밤공기는 여전히 차가웠기 때문에 근처 울타리에서 가로장을 뽑아 적당한 길이로 잘라 불을 지폈다. 옹색하게 보일 정도로 조그마했지만 그런대로 괜찮은 모닥불이었다. 꽁꽁 얼어붙은 추운 날씨에도 아버지는 습관처럼 그렇게 늘 조그마한 모닥불을 피웠다. 지금보다 나이가 더 들었다면 아마 소년은 이런 불을 보며 왜 불을 좀 더 크게 피우지 않는지 의문을 품었을 것이다. 전쟁을 겪으면서 온갖 소모와 낭비를 목격했을 뿐 아니라 핏속에 자기 소유가 아닌 물건들을 거리낌 없이 탕진하는 못된 낭비벽을 지닌 아버지가 도대체 왜 모닥불을 피울 때는 눈에 보이는 것들을 닥치는 대로 태우지 않을까? 그러고 나서 소년은 한 걸음 더 나아가 그 이유를 이렇게 곰곰이 생각해 보았으리라. 즉 그 보잘것없는 모닥불은 푸른빛 군복을 입었건 잿빛 군복을 입었건[9] 병사라면 모두 피해 그가 말들과 함께(아버지는 포획한 말들이라고 했다.) 숨어 지내야 했던 4년 동안 밤을 지새우면서 얻은 살아 있는 교훈이라고 말이다. 그리고 좀 더 나이가 들었다면 소년은 진짜 이

---

9   남북 전쟁 당시 북군의 군복은 푸른색, 남군의 군복은 회색이었다. 뒤에 언급하는 '4년'은 남북 전쟁의 기간(1861~1865)을 말한다.

유를 알아맞혔을 터다. 즉 다른 사람들에게 총포나 폭약의 요소가 그러하듯이, 아버지에게는 불의 요소가 자신을 온전히 보존할 수 있는 하나의 무기로서 존재의 심오한 주요 요소에 호소했다고. 만약 그렇지 않았다면 그는 숨을 쉴 가치조차 없었을 것이다. 그러므로 그는 불을 존경하고 신중하게 다룰 수밖에 없었다.

그러나 소년은 지금 이런 생각을 하지 않았다. 이제껏 살면서 평생 그런 똑같은 옹색한 모닥불을 보아 왔을 뿐이다. 그는 모닥불 옆에서 저녁을 먹다가 철제 식판에 코를 박고 벌써 반쯤 잠들어 있었다. 바로 그때 아버지가 그를 불렀고, 소년은 다시 한번 그 뻣뻣한 등짝이며 무자비할 만큼 뻣뻣하게 절름거리며 걷는 아버지의 뒤를 따라 언덕길을 올라서 별빛 쏟아지는 길 위에 이르렀다. 몸을 돌려 별빛을 배경으로 선 아버지는 얼굴도 표정도 없어 보였다. 마치 양철에서 오려 낸 것 같은 생기도 핏기도 없는 검은 형체가, 그를 위해 만든 것이 아닌, 무쇠 같은 프록코트의 주름에 덮여 있었다. 목소리 또한 양철처럼 거친 데다 양철처럼 온기라곤 조금도 없었다.

"너 그 사람들에게 모든 걸 다 털어놓으려고 했어. 그자에게 모든 걸 말하려고 했단 말이다." 소년은 아무 대꾸도 하지 않았다. 아버지는 마치 가게 앞에서 노새 두 마리를 후려갈길 때처럼, 마치 쇠등에를 잡으려고 막대기를 내리치듯이 세게, 그러나 아무런 열의도 없이 손바닥으로 그의 옆머리를 때렸다. 목소리에도 열의나 분노가 실려 있지 않았다. "넌 곧 어른이 될 거야. 그러니 배워야 한다. 네 혈육을 어떻게 지켜야 하는지 배워야 한다는 말이다. 그걸 배우지 못하면 혈육은 결코 너를 지켜 줄 수 없어. 오늘 아침에 그곳에 있던 인간들 중 어느 한 사람이라도 너를 지켜 줄 것 같으냐? 그 사람들은 내가 자기들을 눌러 버렸다는 사실을 알기 때문에 호시탐탐 나를 공격할 기회만 엿보고 있었다는 걸 모르겠냐? 응?" 뒷날, 그러니까 20년쯤 뒤 소년은 혼잣말로 이렇게 중얼거리게 될 것이다. "만약 내가 그 사람들이 원하는 건 오로지 진실과 정의뿐이었다고 말했다면, 아버지는 나를 다시 한번 때렸을 테지." 하지만 그때 소년은 아무 말도 하지 않았다. 울음을 터뜨리지도 않았다. 다만 그대로 서 있을 따름이었다. "어디 대답해 봐." 아버지가 말했다.

"그래요, 아버지 말이 맞아요." 그가 조그마한 목소리로 중얼거렸다. 그러자 아버지가 몸을 돌렸다.

"그만 가서 자거라. 내일이면 거기에 도착할 게다."

이튿날 그들은 그곳에 가 있었다. 이른 오후 마차는 10년이라는 소년의 삶에서 벌써 열두 번이나 멈췄던, 또 앞으로 열두 번 더 멈추게 될 집들과 똑같은, 페인트를 칠하지 않은 방 두 개짜리 집 앞에서 멈추었다. 엄마와 이모는 마차에서 내려 짐을 부리기 시작했지만 두 누나와 아버지와 형은 마차에서 꼼짝도 하지 않았다.

"돼지들이 살기에 안성맞춤인 집 같아." 한 누나가 내뱉었다.

"그렇게 보이긴 해도 살기엔 괜찮을 거야. 너희는 돼지처럼 살 테니 좋아할 거고." 아버지가 대꾸했다. "의자에서 벌떡 일어나, 어서 이삿짐 내리는 엄마를 거들어 드려."

몸집이 크고 암소처럼 미련하게 생긴 두 누나가 싸구려 리본을 펄럭거리며 마차에서 내렸다. 한 누나는 물건들로 뒤죽박죽인 마차 바닥에서 낡은 램프를 꺼냈고, 다른 누나는 닳아 빠진 빗자루를 끌어 내렸다. 아버지는 형에게 고삐를 건네 주고는 뻣뻣한 다리로 바퀴를 밟고 마차에서 내렸다. "짐을 다 내리거든 이놈들을 헛간으로 데리고 가 꼴을 먹이도록 해라." 그러고 나서 아버지가 뭐라고 말을 했는데 처음에는 계속 형에게 하는 말인 줄 알았다. "나랑 같이 가자."

"저요?" 소년이 물었다.

"그래, 너 말이다." 아버지가 대답했다.

"애브너." 그의 어머니가 불렀다. 그러자 아버지가 걸음을 멈추고 고개를 돌렸다. 텁수룩하고 성마른 희끗희끗한 눈썹 아래 나란히 붙은 두 눈이 어머니를 거칠게 쏘아보았다.

"내일부터 여덟 달 동안 내 육체와 영혼을 소유하기 시작할 남자랑 할 얘기가 있소."

소년과 아버지는 다시 길을 따라 올라갔다. 일주일 전이 었다면 ― 바로 어젯밤이었다 해도 ― 소년은 자기들이 어디로 가는 거냐고 물어보고 싶었을 테지만 지금은 그럴 수가 없었다. 아버지는 어젯밤 그를 때렸지만 그전에도 나중에라도 왜 때렸는지 설명해 주는 법이 한 번도 없었다. 그것은 마치 주먹질 뒤의 침착하고 모욕적인 목소리가 여전히 귓가에 울리고 메아리치지만 그에게는 아직 나이가 어리다는 치명적인 약점을 제외하고는 아무것도 전해지는 것이 없는 상황과 같았다. 또한 몇 해 되지 않는 그의 얄팍한 인생은 질서 정연해 보이는 이 세계를 떠나 훨훨 날아가고 싶은 욕망을 저지할 만큼 무거웠지만, 그렇다고 이 세계 안에 굳건히 두 발로 딛고 서서 저항하고 변화를 꾀할 만큼은 무겁지 않았던 것이다.

곧 소년은 참나무와 히말라야삼나무 숲, 그리고 다른 꽃나무들과 관목이 보여서 곧 저택이 나타나겠거니 했지만 아직 집은 보이지 않았다. 소년과 아버지가 인동덩굴과 덩굴장미가 뒤엉킨 울타리를 따라 걸어가니 두 벽돌 기둥 사이로 흔들거리면서 앞뒤로 열리는 정문이 나타났다. 길게 뻗은 진입로 너머로 저택이 처음 보였고, 그 순간 그는 아버지며 두려움이며 절망을 모두 잊었다. 심지어 소년은 다시 아버지를 기억해 냈지만(그는 걸음을 멈추지 않았다.) 공포와 절망은 되살아나지 않았다. 모두 열두 번이나 이사를 다니면서 지금까지 머문 곳은 늘 조그마한 농장과 들판과 집들이 있는 가난한 시골이었다. 그러나 이제껏 이런 저택은 한 번도 본 적이 없었다. '법원 건물만큼이나 크구나.' 소년은 아직 나이가 어린 탓에 그 이유를 말로 표현할 수 없었지만 평화와 기쁨을 느끼며 조용히 생각했다. '저들은 저 사람으로부터 안전하겠군. 이런 평화롭고 위엄 있는 곳에서 사는 사람들은 그의 손에 닿지 않을 테니까. 그들에게 저 사람은 다만 윙윙거리는 말벌에 지나지 않거든. 잠깐 침이야 쏠 수 있겠지만 그뿐이지. 만에 하나 이 집에 딸린 헛간과 마구간과 곳간에 그 하찮은 불길이 닿는다 해도 이런 평화와 위엄의 마력이라면 끄떡없이 견뎌 낼 거야…….' 이런 감정, 평화와 기쁨은 뻣뻣한 검은 등, 그 뻣뻣하게 절름거리며 걷는 그 사람과 다시 마주치는 순간 썰물처럼 빠져나갔다. 그 사람에겐 저택이 어느 부분에서든 한 번도 크게 보이지 않았기 때문에 이 저택에 조금도 주눅이 들지 않았다. 또한 그 사람은 조용한 주랑을 배경으로 전보다 더 양철에서 아무렇게나 잘라 낸 것 같은, 태양마저 비껴 간 듯 그림자조차 드리우지 않는, 깊이 없는 어떤 강인한 특징을 지니고 있었다. 소년이 그의 아버지를 쳐다보니 그는 목표한 방향에서 한 치도 벗어나지 않고 굳건히 걷고 있었고, 아버지의 뻣뻣한 발은 얼마든지 피해 갈 수 있었는데도 말이 진입로에 갓 싸 놓은 똥 덩어리를 그대로 밟고 지나갔다. 그러나 비록 이 또한 말로 표현할 수 없었지만 저택의 마력에 사로잡힌 채 걷는 동안 소년이 느낀 평화와 기쁨은 아주 잠깐 썰물처럼 빠져나갔다. 그런데 소년은 심지어 그 저택을 소유하길 바랄 수도 있었을 테지만, 그러한 바람에는 어떤 부러움도 어떤 슬픔도 없었고, 무쇠 같은 검정 코트를 입고 소년 앞에서 걷고 있는 사람에게는 알 길 없는 탐욕스러운 질투에서 비롯하는 분노 따위는 더더욱 확실히 없었다. '어쩌면 저 사람도 느끼게 되겠지. 어쩌면 그것을 보면 이제 저 사람도 어쩔 수 없던 과거의 자신과는 달라지겠지.'

두 사람은 주랑 현관을 가로질러 갔다. 소년은 아버지의 뻣뻣한 발이 시계처럼 정확하게 판자를 밟을 때 울리는 소리를 들을 수 있었다. 그 소리는 발이 속해 있는 몸의 움직임과는 전혀 어울리지 않았다. 또한 그의 발은 앞에 놓인 흰 문에도 전혀 주눅 들지 않았다. 마치 그 발은, 말하자면 그 무엇에도 주눅이 들지 않도록 탐욕스럽고 악의에 찬 밑바닥에 도달할 것 같았다. 아버지는 납작하고 널찍한 검은 모자에다 한때는 검은색이었지만 이제는 낡아서 늙은 집파리 몸뚱이처럼 푸르죽죽해진 코트를 입고 있었는데, 들어 올린 소매는 너무 길고, 들어 올린 손은 짐승의 굽은 발톱 같았다. 문이 너무 빨리 열리는 것을 보고 소년은 검둥이가 줄곧 자신들을 지켜보고 있었음을 알았다. 그 검둥이는 단정하게 빗은 희끗희끗한 머리칼에 리넨 재킷을 입은 노인이었는데, 몸으로 문을 가로막고 서서 이렇게 말했다. "백인 양반, 이곳에 들어오고 싶으면 신발을 좀 닦으시죠. 그리고 소령님은 지금 집에 안 계신데요."

"비키지 못해, 검둥이." 아버지가 말했다. 그는 늘 그러듯이 흥분하지 않고 문과 검둥이를 한꺼번에 밀치고는 모자도 벗지 않고 집 안으로 들어갔다. 소년은 문턱에 또렷하게 찍힌 뻣뻣한 발자국을 볼 수 있었고, 이어 두 배나 되는 체중을 지탱하고 있는 듯한(또는 그 정도 무게를 옮기는 듯한) 발이 기계처럼 세심하게 옅은 색 양탄자 위에 발자국을 남기는 광경을 지켜보았다. "미스 룰라[10]! 미스 룰라!" 검둥이가 외치는 소리가 그들 뒤쪽 어딘가에서 들렸다. 마치 따스한 파도에 휩쓸리듯 카펫이 깔린 층계의 완만한 곡선, 번쩍이는 천장에 걸린 샹들리에, 소리 없이 반짝이는 황금 액자들에 현혹되어 있던 소년의 귓가에 재빠른 발걸음 소리가 들리더니 한 여자, 한 귀부인이 나타났다. 어쩌면 그는 지금껏 어디에서도 그런 여자를 본 적이 없을 것이다. 목에는 레이스가 달린 매끄러운 회색 가운을 걸치고 허리에 앞치마를 두른 채 소매를 걷어 올린 여자는 손에 묻은 케이크인지 비스킷 반죽 같은 것을 수건으로 닦아내며 아래층으로 내려왔다. 그 부인은 소년의 아버지는 거들떠보지도 않고 믿기지 않는다는 눈길로 옅은 색 양탄자에 찍힌 발자국만 바라볼 뿐이었다.

"못 들어오게 하려 했습죠." 검둥이가 큰 소리로 말했다. "말했습죠, 이 사람에게……."

"나가 주시겠어요?" 그 여자가 떨리는 목소리로 말했다. "드스페인 소령님은 집에 계시지 않습니다. 나가 주시겠어요?"

---

10 미국 남부에서는 흑인 하인이 여주인을 부를 때 이름 앞에 '미스'라는 호칭을 사용한다. 백인이 이 호칭을 사용할 때는 결혼하지 않은 여성을 부를 때다. 여기서 '미스 룰라'는 이 저택의 안주인 '룰라 드스페인'을 가리킨다.

아버지는 아무 말도 하지 않았다. 또다시 입 한번 뻥긋하지 않았다. 아예 그녀를 쳐다보려 하지도 않았다. 여전히 모자를 쓴 채 조약돌 색깔의 두 눈 위의 덥수룩한 철회색 눈썹을 씰룩거리며 양탄자 한가운데에 뻣뻣한 자세로 서서 잠깐 동안 신중하게 집 안을 훑어보았다. 그러고 나서 그는 마찬가지로 신중한 태도로 뒤돌아섰다. 소년은 그의 아버지가 성한 다리를 축으로 삼아 회전하는 모습을 지켜보았고, 아버지가 뻣뻣한 발로 돌아서면서 반원을 그리며 마지막으로 길고 엷은 자국을 남기는 모습을 보았다. 아버지는 그 자국 또한 쳐다보지도 않았고, 아예 양탄자에는 눈길 한번 주지 않았다. 검둥이는 문을 붙잡고 있었다. 그들이 나가자 뒤로 문이 닫히더니 집 안에서 발작적인 여자의 외침 소리가 희미하게 들려왔다. 아버지는 현관 계단 앞에서 걸음을 멈추더니 계단 모서리에 구두를 문질러 닦았다. 정문 앞에서 그는 다시 걸음을 멈추었다. 뻣뻣한 발로 버티고 서서 잠깐 동안 저택을 돌아다보았다. "희고 멋지지 않냐?" 그가 말했다. "저건 땀이다. 검둥이들의 땀이란 말이야. 어쩌면 그 사람 마음에 흡족할 만큼 아직은 충분히 희지 않을지도 모르겠다만. 거기에다 흰 땀까지 섞고 싶어 할지도 모르지."

두 시간 뒤 소년은 어머니와 이모와 누나 둘이 식사를 준비하려고 요리용 난로를 세우고 있는 집 뒤편에서 장작을 패고 있었다. (어머니와 이모는 분명히 식사를 준비하고 있었지만 누나 둘은 그렇지 않다는 사실을 그는 잘 알았다. 이렇게 떨어져 있고, 벽을 사이에 두고 있어도 누나들의 억양 없는 큰 목소리에서 구제 불능의 게으름을 느낄 수 있었다.) 바로 그때 그의 귓가에 말발굽 소리가 들려왔고, 리넨 옷을 입은 남자가 멋진 밤색 암말을 타고 있는 모습이 보였다. 뚱뚱한 말이 끄는 건초 운반용 마차도 뒤따라 왔는데, 그 마차를 모는 검둥이 청년 앞에 놓인 둘둘 말린 양탄자를 미처 보기도 전에 소년은 방금 찾아온 백인 남자가 누구인지 알 수 있었다. 남자는 화가 잔뜩 난 얼굴로 아버지와 형이 기울어진 의자에 앉아 있는 집 모퉁이 쪽으로 말을 몰았다. 조금 뒤 소년이 도끼를 내려놓기도 전에 다시 말발굽 소리가 들리는가 싶더니 밤색 암말이 다시 전속력으로 마당을 빠져나가는 모습이 보였다.

그러자 아버지는 한 누나를 큰 소리로 불렀고, 잠시 뒤 그녀는 둘둘 말린 양탄자 한쪽 끝을 질질 끌면서 뒷걸음질 쳐 부엌 문 바깥으로 나왔다. 그러는 동안 다른 누나도 그 뒤를 따라 걸어 나왔다.

"같이 옮기지 않을 거면 가서 빨래 솥이나 준비해." 첫째 누나가 말했다.

"네가 해, 사티[11]!" 둘째 누나가 소년에게 말했다. "네가 빨래 솥을 걸어." 그때 아버지가 부엌 문가에 나타났는데, 아까는 완벽한 거실을 배경으로 서 있던 그가 이제는 초라한 부엌을 배경으로 서 있었지만, 그는 둘 중 어디에서도 영향을 받지 않았다. 그의 어깨 너머로 수심 가득한 어머니의 얼굴이 보였다.

"계속해." 아버지가 말했다. "계속 집어 들라는 말이다." 누나 둘이 펑퍼짐하고 무기력한 몸을 굽히자 빛바랜 옷과 싸구려 리본이 믿기 어려울 만큼 넓게 퍼지면서 펄럭거렸다.

"나 같으면 멀리 프랑스에서 가져온 양탄자를 사람들이

11 '사토리스'의 애칭.

밟고 지나가는 곳에 깔아 놓진 않았을 거야." 첫째 누나가 말했다. 누나 둘은 양탄자를 들어 올렸다.

"애브너, 내가 할게요." 어머니가 말했다.

"당신은 가서 식사 준비나 해." 아버지가 말했다. "이 일은 내가 알아서 할 테니."

소년은 남은 오후 시간 동안 장작더미에 앉아 누나들을 지켜보았다. 비누 거품이 이는 빨래 솥 옆 땅바닥에 양탄자를 넓게 펼쳐 놓고 누나 둘은 누가 봐도 하기 싫어하는 티를 내며 게으르게 그 위로 몸을 굽히고 있었다. 아버지는 두 딸 위에 서서 준엄하고 험상궂은 표정으로 지시를 내렸지만 한 번도 다시 언성을 높이지는 않았다. 소년의 코에 누나들이 사용하는 독한 양잿물 냄새가 풍겨 왔다. 그의 어머니가 다시 한번 부엌 문가에 나타나 걱정보다는 거의 절망에 가까운 표정으로 딸들을 바라보고 있었다. 소년은 아버지가 몸을 돌리는 모습을 보자 도끼를 들고 다시 일하기 시작했다. 곁눈질로 보니 아버지는 땅바닥에서 납작한 돌멩이 하나를 주워 살펴보고는 다시 솥이 있는 곳으로 돌아갔다. 이번에는 어머니가 실제로 입을 열었다. "애브너, 애브너, 여보, 제발 그러지 말아요. 제발요, 여보."

한참 뒤 소년도 일을 마쳤다. 어느새 땅거미가 내려앉았고, 쏙독새가 벌써 울기 시작했다. 오후 중반에 먹다 남은 찬 음식으로 곧 저녁을 먹게 될 방에 커피 냄새가 풍겼다. 안으로 들어가 보니 난로에 불을 지폈기 때문인지는 몰라도 식구들이 또다시 커피를 마시고 있었다. 난로 앞에 놓인 두 개의 의자 등받이 위로는 양탄자가 펼쳐져 있었다. 양탄자에는 이제 아버지의 발자국이 보이지 않았다. 그 대신 발자국이 있던 자리에 아주 작은 예초기가 지나간 듯 희끄무레한 화산재 같은 주름이 길쭉하게 나 있었다.

식구들이 식은 음식으로 저녁을 먹고 나서 두 방 여기저 기에 흩어져 잠이 들 때도 양탄자는 여전히 의자에 걸쳐져 있 었다. 어머니는 나중에 아버지도 함께 누울 침대 하나에 몸을 뉘었다. 형이 나머지 침대 하나를 차지하자 소년과 이모와 누 나 둘은 마룻바닥에 짚으로 만든 요를 깔고 누웠다. 그때까지 도 아버지는 잠자리에 들지 않았다. 소년이 마지막으로 기억 하는 것은 모자를 쓰고 코트를 입은 희미하고 황량한 실루엣 이 양탄자 쪽으로 몸을 숙인 모습뿐이었다. 거의 꺼져 버린 난 롯불을 배경으로 실루엣이 자기를 내려다보고 있을 때도 소 년은 두 눈을 감지 않은 것 같았다. 아버지는 뻣뻣한 발로 걸 어차며 그를 깨웠다. "노새를 끌고 오너라."

소년이 노새를 끌고 돌아오자 아버지는 둘둘 만 양탄자 를 어깨에 둘러멘 채 뒷문에 서 있었다. "아버지는 안 타실 거 예요?"

"아니다. 발을 올려라."

소년은 무릎을 구부려 아버지 손에 발을 얹었다. 놀라울 정도로 탄력 있는 힘이 부드럽게 그를 밀어 올려 안장 없는 노 새 등에 태웠다. (한때는 그들에게도 안장이 있었다. 하지만 소년은 그게 언제 어디서 있었는지 기억할 수 없었다.) 그런 뒤 아버지는 마 찬가지로 가뿐하게 양탄자를 들어 소년 앞에 올려놓았다. 이 제 그들은 별빛이 쏟아지는 가운데 낮에 걸었던 그 길을 다시 밟고 나아갔다. 인동덩굴이 무르익은 진흙 길을 따라 오른 뒤 정문을 지나 불빛 하나 없는 검은 터널 같은 저택 진입로로 들 어섰다. 그 저택에 이르자 노새 위에 앉아 있던 소년 허벅지에 양탄자의 까칠까칠한 실이 스치고 지나갔다.

"도와 드리지 않아도 괜찮아요?" 소년이 나지막한 목소리로 물었다. 아버지는 아무런 대꾸도 하지 않았다. 다만 아버지의 뻣뻣한 발걸음이 다시 한번 시계처럼 정확한 속도로 텅 빈 주랑 현관 바닥을 울리는 소리가 들릴 뿐이었다. 그 소리는 발이 떠받치는 무게를 엄청나게 과장하고 있었다. 아버지 어깨에 걸린 게 아니라 낙타 혹처럼 붙어 있던 양탄자는(소년은 어둠 속에서도 분명하게 볼 수 있었다.) 벽의 모서리와 바닥을 천둥소리처럼 믿기지 않을 만큼 크게 울렸고, 다시 서두르지 않고 걷는 큰 발소리가 들렸다. 그때 저택에 불빛이 하나 나타났고, 계단을 내려가는 발이 조금도 강도를 높이지는 않았지만 소년은 조금 빨리 숨을 들이쉬고 내쉬면서 긴장한 채 소리 없이 앉아 있었다. 소년의 눈에 아버지의 모습이 들어왔다.

"이제 타시지 않을래요?" 소년이 나지막한 소리로 속삭이듯 물었다. "이젠 두 사람 모두 탈 수 있잖아요." 그 순간 저택 안의 불빛이 밝아졌다 어두워졌다 했다. '지금 그 사람이 층계를 내려오고 있구나.' 소년은 생각했다. 그는 벌써 승마용 발판이 있는 곳까지 노새를 몰고 갔다. 곧바로 아버지가 그의 뒤에 올라타더니 두 겹으로 말아 쥔 고삐로 노새의 목덜미를 찰싹 때렸다. 그러나 노새가 미처 속도를 내기도 전에 그의 뒤에서 빠져나온 삐쩍 마른 단단한 팔이 못 박인 손으로 고삐를 잡아당겨 다시 걷게 했다.

붉게 떠오르는 첫 아침 햇살이 비칠 즈음 그들은 집터에서 노새들에 쟁기를 매달고 있었다. 이번에는 미처 소리도 듣기 전에 밤색 암말이 빈터에 들어와 있었다. 말을 탄 사내는 깃이 달리지 않은 옷에 모자도 쓰지 않고 저택에서 여자가 그랬듯이 부르르 몸을 떨며 떨리는 음성으로 말했고, 아버지는 그를 딱 한 번 올려다보고는 다시 몸을 굽혀 노새에 쟁기를 매달았다. 그러자 암말에 탄 사내는 아버지의 구부정한 등에 대고 이렇게 말했다.

"당신이 양탄자를 버려 놨다는 걸 똑똑히 알아야 할 거야. 이곳에 아무도 없나, 당신 여자들 말이야……." 사내는 하던 말을 멈추고는 고개를 내저었다. 소년은 그를 지켜보았고, 그의 형은 마구간 문에 기대서서 씹는담배를 질겅거리며 천천히 계속 눈을 깜빡거렸지만 아무것도 보고 있는 것 같지는 않았다. "그 양탄자는 백 달러짜리야. 하지만 당신은 한 번도 백 달러를 가져 본 적이 없을 테지. 앞으로도 그럴 거고. 그러니 수확을 하고 난 뒤 옥수수 550킬로그램[12]을 부과하겠네. 계약서에 추가해 놓을 테니 사무실에 들를 때 서명하게. 그렇게 해도 내 아내 마음을 달래지 못하겠지만, 다시 그녀 집에 올 때는 발을 닦고 들어오도록 자네를 가르칠 수는 있겠지."

그러고 나서 그 사내는 가 버렸다. 소년은 아버지를 바라보았지만, 아버지는 여전히 뭐라고 한마디 하거나 심지어 고개를 쳐들지도 않은 채 멍에에 밧줄을 고정하고 있었다.

"아빠!" 소년이 입을 열었다. 그러자 아버지는 그를 쳐다보았다. 뜻 모를 수수께끼 같은 얼굴, 텁수룩한 눈썹 아래 차갑게 반짝이는 잿빛 눈으로. 소년은 그를 향해 재빨리 다가가다 갑자기 걸음을 멈추었다. "아빠는 이 일에 이보다 더 멋지

---

12 원문은 20부셸(bushel)이다. 부셸은 과일이나 곡물의 무게를 잴 때 쓰는 단위로 미국에서는 1부셸이 약 27.22킬로그램, 영국에서는 28.12킬로그램이다. 20부셸은 약 544.4킬로그램이다.

게 처신하실 순 없었어요!" 그가 큰 소리로 외쳤다. "그 사람이 이 일을 달리 처리하고 싶었다면, 기다렸다가 어떻게 하라고 했어야 하지 않나요? 그 사람에게 옥수수 550킬로그램을 줄 수 없어요! 그 사람은 한 톨도 받지 못할 거예요! 우리가 미리 추수해서 숨겨 놓을 거니까요! 제가 감시할 수⋯⋯."

"내가 시킨 대로 절단기를 제대로 매달았냐?"

"아뇨, 아버지." 그가 대답했다.

"그럼 어서 가서 해."

그날은 수요일이었다. 그 주의 나머지 날들 동안 그는 자기 능력으로 할 수 있는 일을, 어떤 경우에는 능력에서 벗어나는 일을 열심히 했다. 누가 억지로 시키거나 두 번 명령을 내릴 필요도 없이 부지런히 일했다. 그는 이런 근면함을 어머니로부터 물려받았다. 다만 차이가 있다면, 적어도 어떤 일은, 가령 어머니와 이모가 벌거나 푼푼이 모은 돈으로 크리스마스 선물로 사 준 조그마한 도끼로 장작을 패는 것 같은 일은 그가 좋아서 하는 일이었다. 나이 든 두 여자와 함께(그리고 어느 날 오후에는 두 누나 중 한 명도 함께) 젖 뗀 새끼 돼지와 암소를 가둘 우리를 만들었다. 그 작업은 아버지가 땅 주인과 맺은 계약의 일부였다. 어느 날 오후 아버지는 노새를 타고 어디론가 가고 없었고 그는 들판에 나갔다.

그들은 밭이랑을 만들었다. 소년이 노새 고삐를 다루는 동안 형은 쟁기를 단단히 붙잡고 뻗대는 노새 옆에서 걸었다. 비옥한 검은 흙이 차갑고 축축하게 그의 맨 발목에 닿으며 갈라졌다. 소년은 생각했다. '어쩌면 이제는 그 일도 끝장이 나겠구나. 어쩌면 양탄자를 더럽힌 대가로는 너무 지나친 것 같은 옥수수 550킬로그램조차 아버지가 영원히 그 일을 멈추고 예

전과 다른 사람이 된다면 싼 셈이겠지.' 소년이 이렇게 꿈꾸듯 생각에 잠겨 있자 그의 형은 그에게 노새에 신경 쓰라고 따끔하게 말했다. '어쩌면 그 사람은 옥수수 550킬로그램을 받지 못하게 될지도 몰라. 어쩌면 그 돈이 모두 합산되고 청산되어 사라질지도 몰라. 옥수수도, 양탄자도, 불도. 공포와 비애가 마치 한 조(組)를 이룬 두 마리 말 사이에서처럼 두 갈래로 끌려 갈지도 몰라. 그래서 영원히 사라져 버리는 거지.'

그러고 나서 토요일이 되었다. 소년이 노새 밑에서 마구를 채우다가 위를 올려다보니 아버지가 검은 코트를 입고 모자를 쓰고 있었다. "그 일이 아니다." 아버지가 말했다. "마차 장비야." 두 시간 뒤 소년은 앞자리에 앉은 아버지와 형의 뒤쪽 마차 바닥에 앉아 마지막 커브 길을 가고 있었다. 넝마처럼 찢어진 담배 포스터와 매약(賣藥) 포스터가 붙어 있고 노대(露臺) 아래쪽에는 마차들과 안장을 채운 짐승들이 매여 있는, 페인트를 칠하지 않고 비바람을 맞아 낡은 가게가 보였다. 소년이 아버지와 형을 따라 신발에 긁힌 계단을 올라가자 세 사람이 지나가도록 사람들이 조용히 지켜보며 길을 비켜 주었다. 판자 탁자에는 안경을 낀 사내가 앉아 있었는데, 소년은 누가 말해 주지 않아도 그가 치안 판사라는 사실을 알 수 있었다. 소년은 지금 칼라에 크라바트[13]를 맨 사내에게 강렬하고 환희에 차고 도전적인 시선을 보냈다. 그는 소년이 살면서 오직 두 번밖에 만난 적이 없고 그것도 말을 타고 있을 때뿐이었는데, 지금은 얼굴에 분노가 아닌 믿지 못하겠다는 표정을 짓고 있었다. 소년은 알 수 없었을 테지만, 그는 자기 소작인 중 한 사

---

13 목에 매는 밴드형 천으로 오늘날의 넥타이나 나비넥타이의 원형.

람에게 소송을 당한 믿기 어려운 상황에 놓여 있었기 때문이다. 소년은 아버지 쪽으로 다가가 그에게 기대서서 판사를 향해 큰 소리로 말했다. "아버지가 한 짓이 아니라고요! 아버지는 불을 지르지 않았다고요……."

"마차로 돌아가 있어라." 아버지가 말했다.

"불을 질렀다고?" 판사가 물었다. "이 양탄자도 불에 탄 것으로 이해하면 됩니까?"

"여기 있는 사람 누구든 그게 불에 탔다고 주장하나요?" 아버지가 물었다. "마차로 돌아가 있어라." 그러나 소년은 자리를 뜨지 않고 가게 뒤쪽으로 물러날 뿐이었다. 그곳도 사람들로 붐볐지만 그는 이번엔 앉지 않은 채 꼼짝 않고 있는 사람들 틈에 끼어 서서 귀를 기울였다.

"또한 원고는 옥수수 550킬로그램이 양탄자에 입힌 피해에 대한 배상으로 너무 지나치다고 주장하는 겁니까?"

"땅 주인은 제게 양탄자를 갖고 와 말하기를, 발자국 흔적을 지워 달라고 했습니다. 그래서 저는 그 흔적을 지워서 그에게 양탄자를 돌려줬습니다."

"그러나 원고는 양탄자를 발로 밟기 전과 동일한 상태로 그에게 돌려준 것이 아닙니다."

아버지는 아무 대답도 하지 않았다. 숨소리, 완전히 귀를 기울인 사람들의 지속적이고 가냘픈 한숨을 제외하고는 30초쯤 아무 소리도 들리지 않았다.

"그 질문에 답하기를 거부하는 겁니까, 스놉스 씨?" 그래도 여전히 아버지는 아무런 대답을 하지 않았다. "본 판사는 원고에게 불리한 판결을 내리려 합니다, 스놉스 씨. 원고는 드스페인 소령에게 끼친 피해에 대해 책임이 있을뿐더러 그에

대한 배상 책임을 면할 수 없습니다. 그러나 옥수수 550킬로
그램은 원고의 형편으로 보건대 갚기에 조금 많은 듯합니다.
드스페인 소령은 일백 달러를 주장합니다. 10월 옥수수 가격
이 50센트 정도 될 겁니다. 본 판사의 판단으로는, 만약 드스
페인 소령이 몸소 현금으로 지불한 물건에 대해 95달러의 손
실을 감내할 수 있다면, 원고는 아직 벌지 않은 돈에서 5달러
의 손실을 감내할 수 있을 겁니다. 그러므로 본 판사는 드스페
인 소령에게 끼친 손해에 대해, 그와 체결한 계약에 덧붙여 수
확한 옥수수에서 270킬로그램을 갚을 것을 원고에게 선고하
는 바입니다. 그럼 재판을 끝냅니다."

이런 판결을 내리기까지 시간이 얼마 걸리지 않았기에 아
침 나절은 절반도 지나지 않았다. 그래서 소년은 이제 집으로
돌아가 어쩌면 다시 밭일을 하려니 생각했다. 아버지는 다른
농부들보다 농사일이 훨씬 늦었기 때문이었다. 그러나 아버
지는 마차 뒤쪽으로 지나가면서 한 손으로 형에게 마차를 몰
고 따라오라고 손짓을 할 따름이었다. 그러자 소년은 아버지
뒤를 쫓아 도로를 가로질러 건너편 대장간으로 걸어갔고, 아
버지를 따라잡자 빛바랜 모자를 쓴 침착하지만 화난 얼굴을
향해 속삭이듯 말했다. "옥수수 270킬로그램도 줄 수 없어요.
그 사람은 옥수수 한 톨도 받지 못할 거예요. 우린……." 그 순
간 마침내 아버지가 그를 흘긋 보았는데, 그 얼굴은 더할 나위
없이 침착했고, 희끗희끗한 눈썹이 매서운 두 눈 위에 헝클어
져 있었으며, 목소리는 듣기 좋을 정도로 부드러웠다.

"넌 그렇게 생각해? 글쎄, 어디 두고 보자꾸나. 어쨌든 10월
까지 말이다."

마차를 고치는 일 — 바큇살 한두 개를 조정하고 타이어

에 공기를 주입하는 일 — 도 그리 오래 걸리지 않았다. 타이어에 공기를 주입하려면 마차를 대장간 뒤쪽 개천에 밀어 넣고 기다리면 되었다. 그러는 동안 노새들은 이따금씩 물속에 주둥이를 박았고, 소년은 쓰지도 않는 고삐를 잡고 마부 자리에 앉아 언덕과 검게 그으른 터널 같은 대장간 안을 바라보고 있었다. 대장간 안에서는 망치 소리가 천천히 울려 퍼졌고, 아버지는 사이프러스 나무로 만든 볼트를 거꾸로 세워 놓고 느긋하게 앉아서 사람들에게 말을 걸거나 그들 말에 귀를 기울이고 있었다. 소년이 물이 뚝뚝 떨어지는 마차를 개천에서 꺼내 대장간 문 앞에 세워 놓을 때까지도 아버지는 여전히 그곳에 앉아 있었다.

"그늘에 세워 둬라." 아버지가 말했다. 소년은 아버지가 시키는 대로 했다. 아버지와 대장장이, 그리고 문 안쪽에 쪼그리고 앉은 한 사내는 곡식과 가축 얘기를 나누고 있었다. 소년도 암모니아 냄새가 풍기고 흙먼지 날리는 발굽 조각들과 녹슨 산화물 조각들이 놓여 있는 대장간 한쪽에 쪼그리고 앉아 아버지가 서두르지 않고 늘어놓는 이야기를 듣고 있었다. 형이 태어나기 전 아버지가 직업적인 말 거간꾼 노릇을 하던 시절의 이야기였다. 이야기가 끝나자 아버지는 소년 옆에 다가와서 그곳에 너덜너덜 붙어 있는 지난해의 서커스 포스터를 묵묵히 바라보았다. 진홍색 말들과 얇은 명주 그물 옷과 타이츠를 입은 사람들이 보여 주는 믿기 어려운 균형과 회전 자세, 그리고 희극 배우들의 심술궂은 모습에 완전히 사로잡혀서 말이다. 그러더니 그가 말했다. "밥 먹을 때가 됐구나."

그러나 그것은 집에 가자는 말이 아니었다. 소년은 벽에 기대선 형 곁에 쪼그리고 앉아 아버지가 큼직한 종이봉투를 들고 가게에서 나오는 모습을 지켜보았다. 아버지는 봉투에서 치즈 한쪽을 꺼내더니 주머니칼로 조심스럽게 세 등분을 하고 같은 봉투에서 크래커를 꺼냈다. 세 사람은 가게 앞 복도에 쪼그리고 앉아서 아무 말 없이 그것들을 천천히 먹었다. 그러고 나서 가게 안으로 들어가 삼나무 물통에 담긴 너도밤나무 향이 나는 미지근한 물을 국자로 떠서 마셨다. 그런 다음에도 그들은 집으로 돌아가지 않았다. 이번에는 말들을 거래하는 곳에 갔다. 사람들은 높다란 울타리에 걸터앉거나 그 주변에 둘러서 있었고, 울타리 안에서는 한 마리씩 끌려 나온 말들이 느릿하게 또는 빠르게 정해진 길을 따라 걷다가 돌아오곤 했다. 그러는 동안 사람들은 말을 서로 바꾸기도 하고 사기도 했다. 해가 서쪽으로 기울기 시작할 무렵까지 그들 셋을 포함한 사람들은 서로를 유심히 지켜보고 서로의 말을 귀담아듣기도 했다. 소년의 형은 멍한 시선으로 씹는담배를 질겅거렸고, 아버지는 말들에 대해 뭐라고 중얼거렸는데, 딱히 누구에게 하는 말은 아니었다.

　　그들이 집으로 돌아온 때는 해가 진 뒤였다. 램프 불 아래서 저녁을 먹고 난 뒤 소년은 문간에 앉아 짙게 드리운 어둠을 지켜보았다. 쏙독새와 개구리 소리에 귀를 기울이고 있을 때 그의 귓가에 어머니의 목소리가 들렸다. "애브너, 안 돼요! 제발요, 여보!" 소년이 일어나 뒤를 돌아보았다. 열린 방문 사이로 탁자 위에서 병목에 꽂아 놓은 양초가 타고 있는 게 보였다. 아버지는 어떤 터무니없으면서도 제의적(祭儀的)인 폭력을 위해 정중하게 차려입은 듯 모자에 코트를 걸친 모습으로, 기름통의 등유를 5갤런짜리 깡통에 쏟아붓고 있었다. 그러는 동안 어머니는 그의 팔을 끌어당겼고, 그는 램프를 다른 손으로 바꿔 쥐고는 야만적이거나 난폭하지는 않았지만 거세게 그녀를 벽 쪽으로 밀쳤다. 어머니는 균형을 잡으려고 벽을 향해 손을 뻗으며 입을 벌렸다. 목소리에 실린 것과 똑같은, 희망이라곤 전혀 없는 절망감이 그녀의 얼굴 가득 번져 있었다. 그때 그의 아버지가 문가에 서 있던 그를 발견했다.

"헛간에 가서 마차에 칠하는 기름이 든 통을 가져오너라." 아버지가 말했다. 그러나 소년은 꼼짝 않고 서 있었다. 그러고 나서 겨우 입을 열었다.

"뭘……." 그가 울부짖듯 내뱉었다. "뭘 하시려고 그러……."

"기름을 가져와." 아버지가 말했다. "썩 어서!"

그러자 소년의 몸이 움직이기 시작했다. 그는 집을 뛰쳐나와 마구간을 향해 달려갔다. 그것은 오랜 습관, 그 스스로 선택하도록 허용되지 않았던, 싫든 좋든 장구한 세월 동안 유산처럼 물려받았고, 그에게 도달하기 전에 이미 오랫동안 흘러온 몸속의 피였다. (그리고 언제 그 어떤 분노와 야만과 욕망을 먹고 잔뜩 살을 찌웠는지 그 누가 알랴.) '난 계속할 수 있어.' 그가 생각했다. '멈추지 않고 난 이대로 뒤를 돌아보지 않고 계속 달릴 수 있어. 두 번 다시 저 사람 얼굴을 보지 않을 수도 있지. 하지만 난 그렇게 할 수 없거든. 그렇게 할 수 없다고.' 이제 그는 손으로 녹슨 통을 쥐었다. 집으로 달려 돌아오는 동안 통 안에 든 액체가 끊임없이 찰랑거렸다. 그리고 그는 집 안으로, 옆방에서 들려오는 어머니의 흐느낌 속으로 달려 들어가 아버지에게 기름통을 건넸다.

"검둥이도 보내지 않을 건가요?" 그가 소리를 질렀다. "적어도 지난번엔 검둥이를 보냈잖아요!"

이번에 아버지는 그를 때리지 않았다. 그러나 주먹으로

때릴 때보다 훨씬 더 빨리 다가왔다. 몹시 주의를 기울여 탁자 위에 기름통을 내려놓던 바로 그 똑같은 손이, 두 눈으로 따라갈 수도 없을 만큼 빠르게 번쩍 기름통에서 떨어져 나와 그를 향해 날아와서 그의 셔츠 뒷자락을 틀어쥐며 그가 미처 보기도 전에 발끝으로 살금살금 걸어 나갔다. 그때 아버지는 숨소리도 내지 않고 꽁꽁 얼어붙은 듯 냉혹한 얼굴로 그를 굽어보았고, 소년 너머로 탁자에 기대서서 호기심 어린 표정으로 그들을 곁눈질하며 암소들처럼 무엇인가 끊임없이 씹어 대는 형에게 차갑고 생기 없는 목소리로 말했다.

"이 통에 들어 있는 기름을 저 큰 통에 따라 붓고 먼저 가거라. 나는 뒤따라갈 테니."

"저 아이를 침대 다리에다 묶어 놓는 게 좋을걸요." 형이 말했다.

"내가 시키는 일이나 해." 아버지가 말했다. 그리고 소년의 뭉친 셔츠와 어깨뼈는, 뼈마디가 튀어나온 아버지의 단단한 손에 붙잡힌 채 질질 끌려가고 있었다. 소년은 발끝만 겨우 바닥에 닿은 상태로 방을 가로질러, 누나들이 차갑게 식은 난로 옆 의자에 육중한 넓적다리를 뻗고 앉아 있는 곳을 지나 어머니와 이모가 나란히 침대에 걸터앉아 있는 다른 방으로 끌려갔다. 이모는 두 팔로 어머니의 어깨를 감싸고 있었다.

"이 녀석을 붙잡고 있어." 아버지가 말했다. 이모가 깜짝 놀라며 몸을 움직였다. "꾸물대지 말고 어서!" 아버지가 말했다. "레니, 이 녀석을 붙잡아. 당신이 붙잡아 줬으면 좋겠어." 어머니가 소년의 손목을 붙잡았다. "더 단단히 잡아. 만약 이 녀석을 놓치면 무슨 일이 일어날지 모르지는 않겠지?" 그는 고개를 길 쪽으로 향하며 말했다. "저쪽으로 달아날 거야. 묶어 두는 게 좋을 거야."

"붙잡고 있을게요." 어머니가 나지막하게 말했다.

"그럼 잘 붙잡고 있어." 그 말을 남기고 아버지는 자리를 떴다. 마룻바닥을 울리던 발소리가 마침내 사라졌다.

그때 소년은 몸부림을 치기 시작했다. 어머니가 두 팔로 그를 꼭 붙잡았고, 그는 손목을 당기고 비틀어 댔다. 그는 어머니의 힘이 결국 빠지리라는 사실을 잘 알았지만, 그때까지 기다릴 여유가 없었다. "놔줘요!" 그가 소리 질렀다. "엄마를 치고 싶지 않아요!"

"그 애를 놔줘, 언니!" 이모가 말했다. "저 애가 가지 않는다면, 하느님께 맹세코 내가 갈 테야!"

"이 애를 놔줄 수 없다는 거 모르겠어?" 어머니가 울부짖듯 말했다. "사티! 사티! 안 돼! 이러면 안 돼! 도와줘, 리지!"

그때 소년은 풀려났다. 이모가 그를 붙잡으려 했지만 너무 늦었다. 그가 휙 몸을 돌려 달리기 시작하자 어머니가 그의 뒤에서 넘어지며 좀 더 가까운 곳에 있는 누나에게 소리를 질렀다. "사티를 잡아, 넷! 어서 붙잡아!" 하지만 누나 역시 너무 늦었다. 그 누나는(누나들은 같은 날 같은 시각에 태어난 쌍둥이였다. 어느 쪽이든 살집과 몸집과 체중이 가족 두 사람의 몫이었다.) 미처 의자에서 일어나지도 못한 채 그저 머리, 얼굴만 돌릴 뿐이었다. 달아나는 순간 소년의 눈에 비친 그녀의 모습은 어린 암소의 표정을 지으며, 그 어떤 뜻밖의 사건에도 전혀 마음이 동요하지 않는, 놀라울 정도로 널브러진 젊은 여자의 얼굴이었다. 방을 빠져나온 소년은 단숨에 집을 뛰쳐나갔고, 별빛이 쏟아지는 부드러운 흙길을 달려 인동덩굴 향기 속으로 뛰어들었다. 달려가는 그의 발 아래로 희미한 리본이 느리게 풀려나

가는 것 같았다. 마침내 저택의 정문 앞에 도착한 소년은 마당으로 들어가서 쿵쾅거리는 가슴으로 불 켜진 집, 불 켜진 현관문을 향해 진입로를 내달렸다. 그는 노크도 없이 문을 열어젖히고 집 안으로 들어갔다. 숨을 몰아쉬느라 한동안 아무 말도 할 수 없었다. 언제 나타났는지, 리넨 재킷을 입은 검둥이의 놀란 표정이 눈에 들어왔다.

"드스페인 소령님!" 그가 숨을 헐떡이며 큰 소리로 외쳤다. "지금 어디……." 바로 그때 복도 아래쪽 흰 문이 열리더니 백인 남자의 형체가 보였다. "헛간이에요!" 소년이 외쳤다. "헛간!"

"뭐라고?" 백인 남자가 말했다. "헛간이라고?"

"네!" 소년이 소리 질렀다. "헛간요!"

"그 애를 붙잡아!" 백인이 큰 소리로 외쳤다.

그러나 이번에도 역시 너무 늦었다. 검둥이가 그의 셔츠 자락을 움켜잡았지만 검둥이 손에 잡힌 것은 하도 많이 빨아서 너덜거리는 그의 옷소매뿐이었다. 소년은 현관문을 빠져나가 다시 진입로를 따라 뛰기 시작했다. 사실 백인 남자의 얼굴을 향해 소리를 질러 대면서도 그는 멈추지 않고 계속 뛰고 있었다.

그의 등 뒤에서 백인 남자가 고함을 지르고 있었다. "내 말! 어서 말을 대령해!" 소년은 잠깐 동안 정원을 가로질러 울타리를 넘어서 도로로 뛰어내릴까 생각했다. 그러나 이 집 정원을 잘 알지 못하는 데다 덩굴로 뒤덮인 울타리가 얼마나 높은지도 알 수 없었다. 그는 공연히 위험을 무릅쓸 필요가 없다고 판단했다. 그래서 진입로 아래쪽으로 내달리는 동안 피와 숨이 용솟음쳤다. 그는 곧 다시 도로로 들어섰지만 아무것도 눈에 보이지 않았다. 아무 소리도 들리지 않았다. 빠르게 달리는 암말이 바로 뒤까지 바짝 다가온 뒤에야 비로소 소년은 말발굽 소리를 들을 수 있었다. 마치 엄청난 비애와 절박함이 극에 달한 순간 그에게 날개가 돋은 듯 그는 멈추지 않고 계속 내달렸다. 그러고는 적막한 초여름의 밤하늘 별빛을 배경으로 분노에 찬 어떤 실루엣이 천둥소리를 내는 말을 타고 지나치는 순간까지 기다렸다가 그는 길가의 잡초 우거진 도랑으로 몸을 날렸다. 초여름의 밤하늘은 말과 말에 탄 사람의 형체가 사라지기도 전에 갑자기 위쪽으로 격렬하게 얼룩을 남겼다. 믿기 어려울 만큼 소용돌이치며 길게 울리는 소리 없는 포효가 밤하늘의 별들을 지워 버리자 소년은 용수철처럼 도로로 튀어 올라 또다시 내달리기 시작했다. 그의 귓가에 총소리가 들려온 순간, 이미 늦었음을 깨달았으면서도 계속 뛰었다. 곧바로 총성이 두 발 더 울렸고, 소년은 걸음을 멈춘지도 모르고 소리를 질렀다. "아빠! 아빠!" 다시 달려야겠다고 생각하기도 전에 그의 발은 벌써 움직이고 있었다. 발을 헛디뎌 휘청거리고 무엇인가에 걸려 넘어지면서도 그는 계속 달렸다. 또다시 넘어져 몸을 일으키다가 어깨 너머 뒤편에서 번쩍이는 섬광을 보았다. 그는 제대로 눈에 보이지도 않는 나무들 사이를 숨을 헐떡거리며 달리면서 흐느껴 울기 시작했다. "아버지! 아버지!"

　한밤중에 소년은 산마루에 앉아 있었다. 벌써 자정이 되었는지도, 자신이 얼마나 멀리 달려왔는지도 알 수 없었다. 하지만 이제 그의 뒤편에서 번득이던 섬광은 사라지고 보이지 않았다. 계속 떨리는 몸을 얇고 낡아 빠진 셔츠로 감싸고, 소년은 지난 나흘 동안 집이라고 불렸던 곳을 등진 채 호흡을 다시 가다듬으며 뛰어들 어두운 숲을 응시하고 있었다. 비애와 절망은 이제 더 이상 그에게 불안과 공포를 불러일으키지 않았다. '아버지! 우리 아버지!' 그는 생각했다. 그러다가 그는 갑자기 외쳤다. "그분은 용감했어!" 큰 소리로 외쳤다고 생각했지만 그것은 속삭임에 지나지 않았다. "그분은 용감했어! 그분은 전쟁에서 싸운 용사였지! 사토리스 대령 휘하에 있었거든!" 소년은 그의 아버지가 군복도 입지 못한 채 옛 유럽에서 말하는, 번지르르한 의미의 사병으로 전쟁에 나갔다는 사실을 알지 못했다. 말브룩[14]이 그랬듯이 그의 아버지는 어떤 인간도, 어떤 군대도, 어떤 부대의 권위도 인정하지 않았고 그 모두에 충성하지 않았다. 오직 전리품 — 적군의 것이든, 아군의 것이든 상관없이 그 전리품만을 위해 참전했다는 사실을 그는 알지 못했다.

별자리가 천천히 바뀌어 갔다. 이제 머지않아 날이 밝으면 소년은 배가 고파지리라. 하지만 그것은 내일 일이고, 지금 당장은 추위가 문제였지만 걸으면 추위도 물러갈 것이다. 이제 전보다 숨을 쉬기가 훨씬 편해졌다. 그가 일어나 다시 걷기로 결심한 순간, 밤이 물러가고 희뿌옇게 동이 터오는 것으로 보아 그는 자신이 깜빡 잠이 들었다는 사실을 알 수 있었다. 쏙독새들이 우는 소리로도 알 수 있었다. 이제 그가 있는 곳 아래쪽 어두컴컴한 나무 사이 도처에서 쏙독새들이 높낮이가 있는 소리로 끊임없이 계속 울어 댔다. 쏙독새들이 낮의 새들에게 자리를 양보할 순간이 점점 다가오자 그 새들을 구분 지

---

14 말버러 공작 존 처칠. 원문에서는 'Malrbrouck'이라고 하지만, 실제로는 'Marlborough'로 표기해야 옳다.

을 수 없게 되었다. 소년은 몸을 일으켰다. 몸이 조금 뻣뻣했지만 걷기 시작하면 추위가 풀리듯 굳은 몸도 풀릴 테고, 이제 곧 아침 해가 떠오를 것이다. 그는 새들이 물 흐르듯 은빛 소리로 끊임없이 울어 대는 어두운 숲을 향해 언덕을 내려갔다. 그 울음소리는 늦은 봄밤을 재촉하는 심장의 박동 소리였다. 그는 한 번도 뒤를 돌아보지 않았다.

저 석양

1

    제퍼슨에서 이제 월요일은 여느 요일과 크게 다르지 않다. 도로는 포장되어 있고, 전화 회사와 전기 회사는 퉁퉁 붓고 유령처럼 핏기 없는 포도송이 같은 것들을 매단 쇠기둥을 세우려고 그늘을 드리우는 나무들을 — 습지성 떡갈나무, 단풍나무, 아카시아나무, 느릅나무 — 점점 더 많이 베어 내고 있다. 읍내 세탁소가 생겨서, 월요일 오전이면 읍내를 돌아다니며 세탁물을 수거해 밝은 색깔로 페인트칠을 하고 특별히 제작한 자동차들에 싣는다. 고무 타이어가 아스팔트 위에서 실크를 찢는 듯한 소리를 내며 점점 멀어지면, 일주일 동안 더러워진 옷가지들도 짜증스러운 경적 소리와 함께 유령처럼 사라져 간다. 예전 관습대로 여전히 백인들의 빨래를 맡아 하는 흑인 여자들조차[15] 자동차로 빨랫감을 수거하고 배달한다.

15   남북 전쟁이 북부 연방의 승리로 끝난 뒤 수정 헌법 13조에 따라 노예 제도가

그러나 15년 전 월요일 오전은 고요하고 먼지가 뽀얗게 날렸으며 나무 그늘이 드리운 거리는 머리에 터번을 두른 흑인 여자들로 붐비곤 했다. 그들은 면화 부대만큼 큼직한, 침대 시트로 질끈 묶은 옷 보따리를 손으로 붙잡지도 않고 머리에 인 채 백인 집 부엌에서 나와 땅이 푹 꺼진 흑인 거주 지역[16]으로 들어가 자기 오두막에 있는 그을린 솥단지 옆에 내려놓곤 했다.

낸시는 머리 위에 옷 보따리를 얹고 나서, 다시 그 위에 여름에나 겨울에나 늘 쓰고 다니는 납작한 검정 밀짚모자를 얹곤 했다. 그 여자는 키가 컸고, 이가 빠진 곳이 조금 꺼진 얼굴은 슬프면서도 거만한 데가 있었다. 우리는 그녀와 함께 오솔길을 따라 내려가다가 가끔 목초지를 가로질러 갔는데, 그녀 머리 위에 옷 보따리와 모자가 위아래나 옆으로 조금도 움직이지 않고 안정적으로는 얹혀 있는 모습을 지켜보기 위해서였다. 심지어 그녀가 도랑 아래로 내려갔다가 다시 길로 올라와 허리를 굽혀 울타리를 통과할 때도 그녀의 보따리와 모자는 조금도 흔들리지 않았다. 그녀가 머리를 꼿꼿이 세운 채 손으로 땅바닥을 짚고 무릎걸음으로 울타리 구멍을 빠져나가는 동안 보따리는 바위나 풍선처럼 그녀 머리 위에 군건하게 매달려 있곤 했다. 울타리 구멍을 빠져나가고 나면 그녀는 다시 두 발을 딛고 일어나 계속 걸음을 옮겼다.

공식적으로 폐지됐지만, 흑인들은 전쟁 이전처럼 여전히 백인들의 가정에서 가사를 돌보았다. 다만 임금을 받고 흑인 남자들은 바깥일을, 흑인 여자들은 부엌일이나 빨래 등을 했다.

16 이 무렵 제퍼슨에는 '니거 할로(Nigger Hollow)'와 '프리드먼 타운(Freedman Town)'이라는 흑인 거주 지역 두 곳이 있었다.

가끔 빨래하는 여자들의 남편들이 옷가지를 수거하고 배달해 주기도 했지만 지저스[17]는 이제껏 한 번도 낸시를 도와준 적이 없었다. 딜지가 몸이 아파 낸시가 우리 집에 와서 밥을 해 주었을 때에도, 아버지가 그에게 우리 집 근처에 얼씬거리지 말라고 명령하기 전부터도 그랬다.

그 무렵 우리는 직접 낸시 집까지 가서 아침밥을 하러 오라고 일러야 하는 경우가 꽤 자주 있었다. 하지만 우리는 오솔길을 따라 내려가 그녀의 집 앞 도랑까지만 가서 멈추곤 했다. 아버지가 지저스와는 상대하지 말라고 했기 때문이다. 그는 키작은 흑인으로 얼굴에는 면도날에 베인 자국이 있었다. 우리는 낸시가 문가에 나타나 아무 옷도 걸치지 않은 채 문 주위에 머리를 기댈 때까지 낸시의 오두막에 돌멩이를 던지곤 했다.

"도대체 왜 우리 집에 돌멩이를 던지는 거야?" 낸시가 물었다. "너희 꼬맹이들이 왜 그런 짓을 하는 거야?"

"아버지가 건너와서 아침밥을 좀 해 달래요." 캐디가 말했다. "아버지가 그러는데, 벌써 30분이나 늦었대요. 그러니까 지금 바로 와야 해요."

"난 아침밥 짓는 데 관심 없어." 낸시가 대답했다. "잠을 더 잘 거야."

"술 마신 게 틀림없어요." 제이슨이 말했다. "아버지는 아줌마가 취했을 거라고 했어요. 술에 취한 거예요, 낸시 아줌마?"

"내가 취했다고 누가 그랬다고?" 낸시가 물었다. "어쨌든

---

17 일부 텍스트에는 '지저스(Jesus)'라는 이름 대신 '주바(Jubah)'로 표기되어 있다. 범법자인 작중 인물의 이름을 예수 그리스도의 이름을 따서 짓는 것이 자칫 신성 모독으로 간주될 수 있기 때문이리라.

잠을 더 잘 거야. 아침밥 짓는 거 관심 없어."

그래서 우리는 더 이상 돌멩이를 던지지 않고 집으로 돌아왔다. 마침내 낸시가 우리 집으로 왔지만, 그날 아침 나는 학교에 지각하고 말았다.

우리는 낸시가 아침에 늦게 오는 까닭이 위스키 탓이리라 생각했다. 그녀가 또다시 체포되어 유치장으로 끌려가던 길에 스토벌 씨와 마주치기 전까지는 말이다. 스토벌 씨는 은행 출납계 직원이자 침례교회 집사였다. 그를 보자 낸시가 이렇게 말하기 시작했다.

"내 돈 언제 갚을 거야, 백인 양반? 언제 내 돈 갚을 거냐고, 이 백인 양반아. 나한테 겨우 1센트 준 뒤로 이제까지 세 번이나……." 스토벌 씨가 그녀를 주먹으로 때려 넘어뜨렸지만 그녀는 입을 다물지 않았다. "내 돈 언제 줄 거냐고, 백인 양반? 지금까지 못 받은 게 세 번……." 그러자 마침내 스토벌 씨는 뒤꿈치로 그녀의 입을 걷어찼고, 보안관은 스토벌 씨를 붙잡았다. 낸시는 길바닥에 드러누운 채 웃어 대고 있었다. 그러고 나서 고개를 돌려 핏덩이와 이를 뱉어 내고는 말했다. "나한테 겨우 1센트 준 뒤로도 세 번이나 더 해 줬잖아."

낸시가 치아를 잃게 된 것은 바로 그 때문이었다. 그날 하루 종일 사람들은 낸시와 스토벌 씨 일을 화제로 삼아 입에 올렸다. 그날 밤새도록 유치장 근처를 지나가던 사람들은 낸시의 노랫소리와 고함 소리를 들을 수 있었다. 그녀가 두 손으로 창살을 잡고 있는 모습을 볼 수 있었고, 많은 사람들이 울타리를 따라 멈춰 서서 그녀가 지르는 소리와 교도관이 그녀를 제지하려고 애쓰는 소리에 귀를 기울였다. 그녀는 거의 동이 틀 무렵까지 입을 다물지 않았다. 교도관이 쿵 하고 부딪히고 비

벼 대는 소리를 듣고 2층으로 뛰어 올라갔을 때 낸시는 창살에 목을 맨 상태였다. 교도관은 그녀의 행동이 위스키 때문이 아니라 코카인 탓이라고 했다. 코카인에 잔뜩 취하지 않고서는 자살을 시도할 검둥이가 이 세상에 하나도 없으며, 일단 코카인에 빠지면 더 이상 검둥이가 아니라고 했다.

교도관은 줄을 끊고 낸시를 살려 냈다. 그러고 나서 그녀를 때리고 채찍으로 내리쳤다. 그녀는 입고 있던 옷으로 목을 맸다. 목은 제대로 묶었지만 체포될 때 옷 말고는 갖고 있던 게 아무것도 없었으므로 손을 묶지는 못했다. 그래서 마지막 순간에 창문에 붙은 선반에서 두 손을 놓을 수가 없었던 것이다. 교도관이 소리를 듣고 2층에 달려 올라가 보니 낸시는 실오라기 하나 걸치지 않은 채 창살에 매달려 있었다. 그녀의 배는 벌써 조그마한 풍선처럼 부풀어 있었다.

딜지가 몸이 아파서 그녀 오두막에 누워 있고, 그 대신 낸시가 우리 집에 와서 식사 준비를 해 주고 있었을 때 우리는 그녀 앞치마가 불룩 솟아 있는 것을 볼 수 있었다. 아버지가 지저스에게 우리 집 근처에 얼씬거리지 말라고 이르기 전의 일이었다. 지저스는 부엌의 조리용 난로 뒤에 앉아 있었다. 그의 검은 얼굴에는 지저분한 끈처럼 보이는 면도날에 베인 자국이 있었다. 그는 낸시가 옷 속에 감추고 있는 게 수박이라고 했다.

"하지만 당신 넝쿨에서 나온 수박은 아니지." 낸시가 말했다.

"그럼 어떤 넝쿨에서 나온 건데요?" 캐디가 물었다.

"난 그 수박이 나온 넝쿨을 잘라 버릴 수 있어." 지저스가 내뱉었다.

"이 어린애들 앞에서 어떻게 그런 말을 할 수 있지?" 낸시가 말했다. "왜 일하러 안 가? 식사 끝냈잖아. 부엌에서 어슬렁거리며 애들 앞에서 그런 식으로 지껄이다가 제이슨[18] 선생님한테 들키고 싶어서 그래?"

"어떤 식으로 말하는데요?" 캐디가 물었다. "어떤 넝쿨 말인가요?"

"나 같은 놈은 백인 집 부엌을 어슬렁거릴 수 없군." 지저스가 내뱉었다. "하지만 백인은 우리 집 부엌을 어슬렁거려도 상관없고. 백인이 우리 집에 들어와도 난 막을 수 없지. 백인이 우리 집에 들어오고 싶어 할 때 난 갈 집도 없거든. 난 백인을 멈추게 할 순 없지만, 그렇다고 날 걷어차서 내쫓을 수는 없어. 그렇게 할 순 없다고."

딜지는 여전히 몸이 아파서 그녀 오두막에 머물렀다. 아버지는 지저스에게 집 근처에 얼씬거리지 말라고 명령했다. 딜지는 아직도 병석에 있었다. 아픈 지 꽤 오래되었다. 우리는 식사를 마친 뒤 서재에 앉아 있었다.

"낸시는 아직도 부엌일을 끝내지 못한 거야?" 어머니가 말했다. "설거지를 마치고도 남을 시간인데."

"퀜틴한테 가 보라고 하지 그래." 아버지가 말했다. "퀜틴, 낸시가 설거지를 끝냈는지 보고 오너라. 끝냈으면 집에 가도 좋다고 이르고."

그래서 나는 부엌으로 갔다. 낸시는 설거지를 모두 끝냈다. 접시들은 닦아 치워 놓았고 불도 꺼져 있었다. 낸시는 차갑

---

18 앞에 나온 '제이슨'은 캐디의 남동생으로 콤슨 집안의 둘째 아들이고, 지금 나온 '제이슨'은 콤슨 집안의 가장으로 캐디와 제이슨의 아버지다. 『고함과 분노』에 등장하는 캐디의 사생아 '미스 퀜틴'도 이 작품의 화자로 등장하는 콤슨 집안의 장남 '퀜틴'과 이름이 같다.

게 식은 난로 옆 의자에 앉아 있었다. 그녀는 나를 쳐다보았다.

"어머니가 부엌일이 끝났는지 보고 오랬어요." 내가 말했다.

"응, 끝났어." 낸시가 대답했다. 그녀는 계속 나를 쳐다보고 있었다. "다 끝났어." 그녀는 여전히 나를 쳐다보았다.

"왜 그래요?" 내가 물었다. "무슨 일 있어요?"

"난 그저 검둥이일 뿐이지." 낸시가 말했다. "그건 내 잘못이 아니거든."

그녀는 납작한 밀짚모자를 머리에 쓴 채 불이 꺼진 난로 옆 의자에 앉아 계속 나를 쳐다보았다. 나는 서재로 돌아갔다. 생각하면 부엌은 따뜻하고 분주하고 즐거운 곳이었는데 그저 차가운 난로와 그런 것들뿐이었다.[19] 차갑게 식은 난로와 설거지한 접시들이 놓인 곳일 뿐 그때는 밥을 먹으려는 사람도 없었다.

"설거지를 끝냈어?" 어머니가 물었다.

"네, 엄마." 내가 대답했다.

"그럼 낸시는 거기서 뭘 하고 있는 거야?" 어머니가 물었다.

"아무것도 하지 않고 있어요. 설거지가 다 끝난걸요."

"내가 가 봐야겠구나." 아버지가 말했다.

"어쩌면 지저스 아저씨가 와서 집으로 데려가길 기다리고 있는지도 몰라요." 캐디가 말했다.

"지저스 아저씨는 이곳을 떠났어." 내가 말했다. 어느 날 아침에 잠에서 깨어 보니 지저스 아저씨가 떠나 버렸다고 낸

---

19 미국 남부의 전통 사회에서 부엌은 가족 구성원의 유대 관계, 애정, 온기, 평화 등을 상징하는 장소였다. 특히 포크너의 작품에서 부엌과 그곳에 놓인 난로는 가정의 상징으로 자주 쓰인다.

시가 우리한테 말한 적이 있었다.

"그 사람은 내 곁을 떠나갔어." 그때 낸시는 이렇게 말했었다. "아마 멤피스로 갔을 거야. 그곳에서 당분간 경찰 눈을 피하고 있겠지."

"거참 시원하게 없어졌군." 아버지가 말했다. "그곳에서 아주 눌러살았으면 좋겠는걸."

"낸시는 어두운 걸 무서워해요." 제이슨이 말했다.

"그건 너도 마찬가지야." 캐디가 말했다.

"난 아니야." 제이슨이 말했다.

"겁쟁이 고양이." 캐디가 말했다.

"난 아니야." 제이슨이 말했다.

"캔디스,[20] 너!" 어머니가 말했다. 아버지가 부엌에서 돌아왔다.

"내가 낸시를 오솔길 아래쪽까지 데려다주고 오겠소." 아버지가 말했다. "낸시 말이, 지저스가 돌아왔다더군."

"그 사람을 봤대요?" 어머니가 물었다.

"본 건 아니래. 어떤 검둥이가 낸시한테 전해 줬대. 갔다오는 데 오래 걸리진 않을 거야."

"나를 혼자 두고 낸시를 집에 바래다준다고요?" 어머니가 말했다. "당신한테는 우리 집 안전보다 낸시 안전이 더 중요해요?"

"오래 걸리지 않을 거라니까." 아버지가 말했다.

"그 검둥이가 주변에 돌아다니는데 이 아이들을 무방비로 두겠다고요?"

---

20 캐디의 본명. 캐디는 캔디스의 애칭.

"나도 갈래요." 캐디가 말했다. "나도 데려가 줘요, 아빠."

"설령 그 사람이 아이들을 만난다 해도 뭘 할 수 있겠소?" 아버지가 말했다.

"나도 가고 싶어요." 제이슨이 말했다.

"제이슨!" 어머니가 말했다. 하지만 그녀는 아버지에게 말하고 있었다. 어머니가 이름을 부르는 방식을 보면 알 수 있었다.[21] 어머니는 아버지가 하루 종일 그녀가 싫어하는 일만 골라서 해 왔다고 믿었는데, 얼마 뒤 아버지가 그런 일을 생각하리라는 것을 항상 알았던 듯하다. 나는 잠자코 있었다. 어머니가 제때에 나를 생각해 내기라도 하면 결국 아버지에게 나를 곁에 있게끔 하리라는 사실을 아버지와 나는 잘 알고 있었기 때문이다. 그래서 아버지는 내게 눈길조차 주지 않았다. 나는 이 집안의 맏이였다. 나는 아홉 살, 캐디는 일곱 살, 제이슨은 다섯 살이었다.

"말도 안 되는 소리 하지 마." 아버지가 말했다. "금방 갔다 올 거야."

낸시는 모자를 썼다. 우리는 오솔길에 다다랐다. "지저스는 늘 제게 잘해 줬어요." 낸시가 말했다. "그 사람에게 2달러가 생기면 그중 1달러는 제 몫이었죠." 우리는 오솔길로 접어들었다. "이 길만 지나면 괜찮아요." 낸시가 말했다.

오솔길은 늘 어두컴컴했다. "여기가 바로 핼러윈[22] 때 제

---

21 어머니가 이름을 어떻게 부르느냐에 따라 아들 제이슨을 부르는지, 아니면 아버지 제이슨을 부르는지 알 수 있다는 뜻.

22 해마다 '만성절' 전날인 10월 31일에 행하는 전통 축제. 이날에는 죽은 영혼이 다시 살아나며 정령이나 마녀가 출몰한다고 믿고, 그것들을 놀려 주기 위해 유령이나 괴물 복장을 하고 축제를 즐긴다.

이슨이 겁을 집어먹은 곳이지." 캐디가 말했다.

"난 겁을 먹지 않았거든." 제이슨이 말했다.

"레이철 아주머니가 어떻게 좀 그 친구에게 손을 쓸 수 없 겠나?" 아버지가 물었다. 레이철 아줌마는 나이가 많았다. 그 녀는 낸시네 집 건너편 오두막에서 혼자 살았다. 머리칼이 하 얗게 센 그녀는 하루 종일 문가에서 파이프 담배를 피웠다. 그 녀는 이제 더는 일을 하지 않았다. 소문에는 그녀가 지저스의 친모라고 했다. 그 노파는 어떤 때는 그렇다고 말하기도 했고, 또 어떤 때는 지저스와는 피 한 방울 섞이지 않았다고 말하기 도 했다.

"그랬어. 넌 그랬다고." 캐디가 말했다. "넌 프로니보다 더 겁이 많았어. 심지어 T. P.보다도 더 많았다고.[23] 검둥이들보 다 더 겁쟁이였지."

"그 사람에게 손을 쓸 사람은 아무도 없어요." 낸시가 말 했다. "그 사람은 제가 자기 안에 있던 악마를 깨웠다면서 그 걸 다시 잠재울 방법도 단 한 가지밖에 없다고 말해요."

"어쨌든 그 친구는 이제 이곳을 떠났잖아." 아버지가 말했 다. "그러니 이제 두려워할 거 없어. 물론 백인들만 가만 놔둔 다면."

"백인들을 가만 놔둔다고요?" 캐디가 물었다. "어떻게 하 면 가만 놔두는 건가요?"

"그 사람은 어디에도 가지 않았어요." 낸시가 대꾸했다. "전 그 사람을 느낄 수 있어요. 지금 이 순간에도 이 오솔길에

---

23 「고함과 분노」 등의 작품에서 프로니는 로스커스 깁슨과 딜지 깁슨의 딸로, T. P.는 프로니의 아들로 언급된다.

서 그를 느껴요. 어딘가에 숨어서 우리가 하는 말을 모조리 들으며 기다리고 있어요. 그 사람을 본 적 없지만, 딱 한 번은 보게 될 거예요. 입에 면도날을 물고 있는 모습을요. 그 사람은 셔츠 속 등 쪽에 면도칼을 끈으로 묶어 놓았어요. 그 사람이 나타난다 해도 전 절대로 놀라지 않을 거예요."

"난 절대로 겁쟁이가 아니야." 제이슨이 말했다.

"자네가 처신을 제대로 했다면 이런 꼴을 당하진 않았을 거야." 아버지가 말했다. "그렇지만 이젠 괜찮아. 그 친구는 아마 세인트루이스²⁴에 있을 테니까. 지금쯤 새로 아내를 얻어서 자네는 깡그리 잊었을 거야."

"만약 그 사람이 그랬다면, 전 차라리 그 얘기를 모르는 편이 나을 거예요." 낸시가 말했다. "전 두 사람 위에 서 있을 거고, 그 사람이 그 여자를 때릴 때마다 전 그 팔을 싹둑 잘라 버릴 테니까요. 그 사람 머리도 잘라 버리고, 그 여자 배도 갈라서 던져 버릴 거라고요."

"쉿!" 아버지가 말했다.

"누구 배를 가른다는 거예요, 낸시 아줌마?" 캐디가 물었다.

"난 겁을 집어먹지 않았어." 제이슨이 말했다. "난 혼자서도 이 오솔길을 내려갈 수 있거든."

"야." 캐디가 말했다. "넌 우리가 없다면 한 발자국도 떼지 못할 거야."

---

24 미주리주 동쪽 끝에 있는 상공업 도시로 미시시피강과 미주리강의 합류점에 위치한다. 미시시피주에서는 멤피스 다음으로 가까운 대도시다.

2

딜지가 여전히 몸이 아파서 우리는 밤마다 계속 낸시를 그
녀 집에 바래다줘야 했다. 그러자 마침내 어머니가 말했다. "도
대체 언제까지 이럴 작정이에요? 언제까지 겁먹은 검둥이를
데려다주느라 이렇게 큰 집에 나를 혼자 내버려 둘 거냐고요?"

그래서 우리는 낸시를 위해 부엌에 짚을 넣어 만든 요를
깔아 주었다. 어느 날 밤 우리는 어떤 소리를 듣고 잠에서 깼
다. 어두운 계단 쪽에서 들려오는 그 소리는 노랫소리도 울음
소리도 아니었다. 어머니 방에 불이 켜져 있었고, 아버지가 뒤
쪽 계단을 통해 복도로 내려오는 소리가 들렸다. 캐디와 나는
거실로 나갔다. 마룻바닥은 차가웠다. 우리가 그 소리에 귀를
기울이는 동안 바닥이 추워서 발이 오그라들었다. 노랫소리
인 것 같기도 하고 아닌 것 같기도 한 그 소리는 흑인 특유의
소리인 듯했다.

그러고 나서 그 소리는 멈추었고, 아버지가 뒤쪽 계단으
로 내려오는 소리만 들려서 우리는 계단 앞까지 갔다. 그때 아
래쪽 계단에서 다시 소리가 들리기 시작했는데 그다지 크지
는 않았다. 낸시는 벽에 기댄 채 계단 중간쯤을 올려다보고 있
었다. 그녀의 눈은 마치 고양이 눈 같았다. 큼직한 고양이 한
마리가 벽에 기대 우리를 쳐다보고 있는 것 같았다. 우리가 그
녀가 있는 곳까지 계단을 내려가자 그녀는 다시 소리를 멈추
었다. 우리는 아버지가 권총을 손에 들고 부엌에서 돌아올 때
까지 그곳에 서 있었다. 아버지는 낸시와 함께 다시 부엌으로
가서 낸시의 요를 들고 돌아왔다.

우리는 우리 방에 짚으로 만든 요를 깔았다. 어머니 방에

불이 꺼지자 다시 낸시의 두 눈이 보였다. "낸시 아줌마!" 캐디가 속삭였다. "지금 자는 거예요, 낸시 아줌마?"

낸시가 뭐라고 속삭였다. 그것은 '응.' 아니면 '아니.'라는 말이었을 테지만 둘 중 어떤 쪽인지는 알 수 없었다. 아무도 그런 소리를 낸 것 같지 않았고, 그 소리가 어디서 나와 어디로 퍼지는지도 알 수 없을 것 같았다. 마치 낸시가 그 자리에 없는 것 같기도 했다. 계단에서 그녀의 두 눈을 너무나 똑똑히 보았기 때문인지 그 눈이 내 눈동자 속에 계속 박혀 있는 것 같았다. 태양을 쳐다보다 눈을 감으면 태양이 없는데도 계속 남아 있는 것처럼 느껴지듯이.

"지저스." 낸시가 나지막하게 속삭였다. "지저스."

"그게 지저스였어요?" 캐디가 물었다. "아저씨가 부엌에 들어오려고 했어요?"

"지저스." 낸시가 말했다. 지-이-이-이-이-이-이-저스, 하고 말이다. 그러다가 마침내 성냥불이나 촛불이 꺼지듯이 그 소리도 사라져 버렸다.

"낸시 아줌마가 말한 건 다른 지저스야."[25] 내가 말했다.

"우리가 보여요, 낸시 아줌마?" 캐디가 나지막하게 물었다. "우리 눈도 보이나요?"

"난 그저 검둥이일 뿐이야." 낸시가 말했다. "하느님은 아셔. 하느님은 아시고말고."

"부엌에서 뭘 봤어요?" 캐디가 속삭이는 목소리로 물었다. "뭐가 들어오려고 했어요?"

---

25 화자 퀜틴은 낸시가 남편 지저스의 이름을 말한 것이 아니라, 예수 그리스도나 거기서 파생한 감탄사를 말한 것이라고 추측한다.

"하느님은 알고 계셔." 낸시가 말했다. 우리는 그녀의 두 눈을 볼 수 있었다. "하느님은 알고 계시고말고."

딜지의 병이 나았다. 그래서 그녀는 다시 우리 집 식사를 준비해 주었다. "하루나 이틀 더 누워 있으면 좋으련만." 아버지가 말했다.

"그럴 필요 없어요." 딜지가 말했다. "하루라도 더 늦어지면 이곳은 돼지우리처럼 엉망이 될 거예요. 이제 여기서 나가 주실래요? 제 부엌을[26] 도로 말끔히 치워야겠어요."

딜지가 저녁 식사도 준비했다. 그리고 그날 밤 어둠이 내리기 직전에 낸시가 부엌으로 들어왔다.

"그 사람이 돌아왔다는 걸 어떻게 알아?" 딜지가 물었다. "자네가 직접 본 건 아니잖아."

"지저스 아저씨는 검둥이예요." 제이슨이 말했다.

"난 그 사람을 느낄 수 있어요." 낸시가 대답했다. "그 사람이 저 도랑에 숨어 있다는 걸 느낄 수 있다고요."

"오늘 밤에?" 딜지가 물었다. "오늘 밤에 그 사람이 그곳에 있다는 거야?"

"딜지 아줌마도 검둥이래요." 제이슨이 말했다.

"뭐 좀 먹지 그래." 딜지가 말했다.

"아무것도 먹고 싶지 않아요." 낸시가 대답했다.

"난 검둥이가 아니에요." 제이슨이 말했다.

"그럼 커피나 좀 마셔." 딜지가 말했다. 그녀는 낸시에게 커피를 한 잔 따라 주었다. "그 사람이 오늘 밤 거기 있으리라

---

26 백인 가정에서 일하는 흑인 가정부는. 흔히 부엌을 자신만의 공간이라고 생각하여 백인들이 들어오지 못하게 했다.

는 걸 안다고? 오늘 밤이라는 걸 어떻게 알 수 있어?"

"난 알아요." 낸시가 말했다. "그 사람은 그곳에서 나를 기다리고 있을 거예요. 난 알고 있어요. 그 사람이랑 오래 살았으니까요. 난 그 사람이 미처 깨닫기도 전에 그가 뭘 하려고 마음먹었는지까지 알 수 있거든요."

"커피나 마셔." 딜지가 말했다. 낸시는 커피 잔을 입으로 가져가 입김을 불어서 식혔다. 그녀의 입은 몸을 길게 늘어뜨리는 살모사처럼, 고무로 만든 입처럼, 입김으로 커피를 불자 입술에서 모든 색깔도 함께 날아가듯이 오므려졌다.

"난 검둥이가 아니에요." 제이슨이 말했다. "낸시 아줌마는 검둥이죠?"

"난 지옥에서 태어났단다, 꼬마야." 낸시가 대답했다. "난 곧 아무것도 아닌 존재가 될 거야. 내가 온 곳으로 다시 돌아갈 거야."

3

낸시는 커피를 마시기 시작했다. 두 손으로 잔을 감싸고 커피를 마시는 동안 다시 그 소리를 내기 시작했다. 그녀가 잔에 대고 소리를 내는 바람에 커피가 흘러내려 두 손과 옷에 튀었다. 팔꿈치를 무릎에 대고 앉은 그녀의 두 눈은 우리를 보고 있었다. 커피 잔을 두 손으로 감싸 쥐고 젖은 잔 너머로 우리를 쳐다보며 그 소리를 내고 있었다.

"낸시 아줌마 좀 봐." 제이슨이 말했다. "낸시 아줌마는 이제 우리에게 식사를 해 줄 수 없대. 딜지 아줌마가 이제 다 나

앉으니까."

"조용히 해." 딜지가 말했다. 낸시는 두 손으로 잔을 쥔 채 우리를 바라보며 계속 그 소리를 내고 있었다. 마치 두 사람이 있어서 한 사람은 우리를 바라보고, 다른 한 사람은 그 소리를 내고 있는 것 같았다. "제이슨 선생님더러 보안관에게 전화해 달라고 하지 그래?" 딜지가 말했다. 낸시는 길쭉한 두 갈색 손으로 여전히 커피 잔을 감싸고 있다가 그제야 소리를 멈추었다. 그녀는 다시 커피를 마시려 했지만 커피를 잔 밖으로 쏟아서 손과 옷을 적셨고, 결국 잔을 내려놓았다. 제이슨이 그녀를 지켜보았다.

"마실 수가 없어요." 낸시가 말했다. "삼켜도 내려가지가 않아요."

"오두막으로 가는 게 좋겠어." 딜지가 말했다. "프로니가 짚으로 만든 요를 깔아 줄 거야. 나도 곧 갈게."

"어떤 검둥이도 그 사람을 막진 못할 거예요." 낸시가 말했다.

"난 검둥이가 아니에요." 제이슨이 말했다. "그렇죠, 딜지 아줌마?"

"그럴 리 없지." 딜지가 말했다. 그녀는 낸시를 바라보았다. "난 그렇게 생각하지 않아. 그래, 어떻게 할 작정이야?"

낸시는 우리를 쳐다보았다. 쳐다볼 시간이 없다는 듯 눈동자를 거의 움직이지 않고 재빨리 바라보았다. 우리를, 우리 세 사람을 한꺼번에 바라보았다. "내가 너희 방에서 지냈던 날 밤 기억하지?" 그녀가 말했다. 그녀는 그 이튿날 우리가 어떻게 일찍 일어나 놀았는지 말했다. 우리는 아침에 아버지가 일어나고 식사 시간이 될 때까지 그녀의 짚 요에서 조용히 놀아야 했다. "너희 엄마한테 가서 오늘 밤 내가 여기 있어도 되는지 물어봐 줘." 낸시가 말했다. "짚으로 만든 요 같은 건 필요 없어. 그럼 우린 좀 더 놀 수 있을 거야."

캐디가 엄마한테 가서 물어보았다. 제이슨도 따라갔다. "검둥이들을 침실에서 재울 수는 없어." 어머니가 말했다. 그러자 제이슨이 울음을 터뜨렸다.

어머니가 울음을 그치지 않으면 사흘 동안 디저트를 주지 않겠다고 말하자 제이슨은 울음을 그쳤다. 그리고 나서 제이슨은 딜지가 초콜릿 케이크를 만들어 주면 울지 않을 거라고 했다. 아버지도 그 자리에 있었다.

"당신은 왜 가만있는 거예요?" 어머니가 물었다. "보안관은 도대체 왜 있는 거죠?"

"낸시는 왜 지저스를 무서워해요?" 캐디가 물었다. "엄마, 엄마도 아빠가 무서워요?"

"보안관들이 무슨 일을 할 수 있겠소?" 아버지가 되물었다. "낸시도 그 친구를 못 봤다는데 보안관인들 무슨 수로 그자를 찾겠어?"

"못 봤다면서 낸시는 왜 무서워한대요?" 어머니가 물었다.

"낸시 말이, 그자가 그곳에 있다는 거요. 오늘밤 그곳에 있을 거라더군."

"하지만 세금은 우리가 내죠." 어머니가 말했다. "당신이 그 검둥이 여자를 집까지 데려다주는 동안 나는 이 큰 집에서 혼자 기다리고 있어야 한다고요."

"난 면도칼을 들고 밖에 숨어서 기다리고 있진 않잖아." 아버지가 대꾸했다.

"딜지가 초콜릿 케이크를 만들어 주면 울지 않을게." 제이

슨이 말했다. 어머니는 우리더러 방에서 나가라고 말했고, 아
버지는 제이슨에게 초콜릿 케이크를 먹을 수 있을지 어떨지
모르겠다고 했다. 그러나 아버지는 제이슨이 1분쯤 지나면 뭘
얻게 될지 알고 있다고 했다. 우리는 부엌으로 돌아가서 낸시
에게 말했다.

"아버지가 아줌마더러 집에 가서 문 잠그고 있으면 괜찮
을 거라고 했어요." 캐디가 말했다. "그런데 뭐가 괜찮을 거라
는 건가요, 낸시 아줌마? 지저스 아저씨가 아줌마한테 화났어
요?" 낸시는 또다시 팔꿈치를 무릎에 올려놓고 앉아서 커피
잔을 두 손으로 감싸고 있었다. 이내 무릎 사이에 커피 잔을
놓고 두 손으로 쥐었다. 그녀는 커피 잔 속을 들여다보고 있었
다. "어떻게 해서 아줌마는 지저스 아저씨를 화나게 한 거예
요?" 캐디가 물었다. 낸시는 커피 잔을 놓쳤다. 바닥에 떨어진
잔은 깨지지는 않았지만 커피는 엎질러졌다. 낸시는 두 손을
감싸 쥔 모습으로 여전히 그 자리에 앉아 있었다. 그러다가 다
시 그다지 크지 않게 그 소리를 내기 시작했다. 노래인 것 같
기도 하고 노래가 아닌 것 같기도 한 소리. 우리는 그녀를 지
켜보았다.

"이봐." 딜지가 말했다. "이제 그만해. 정신 차리라고. 여기
서 기다리고 있어. 버시[27]한테 자넬 집에 바래다주라고 할 테
니." 딜지가 밖으로 나갔다.

우리는 낸시를 쳐다보았다. 그녀는 어깨를 계속 떨었지만
그 소리는 더 이상 내지 않았다. 우리는 그녀를 지켜보았다.

"지저스 아저씨가 아줌마한테 어떻게 하려는 거예요?" 캐

---

27 딜지 깁슨의 아들로 프로니와는 형제, T. P.의 외삼촌이다.

디가 물었다. "아저씨는 이곳을 떠났잖아요."

낸시가 우리를 쳐다보았다. "너희 방에서 지냈던 날 밤, 정말 재밌었지?"

"난 아냐." 제이슨이 말했다. "난 하나도 재미없었거든."

"넌 엄마 방에서 자고 있었잖아." 캐디가 말했다. "넌 거기 없었거든."

"우리 집에 가서 더 재밌게 놀자." 낸시가 말했다.

"엄마가 보내 주지 않을걸요." 내가 말했다. "너무 늦었어 요."

"엄마를 귀찮게 할 필요 없어." 낸시가 말했다. "내일 아침 에 얘기하면 돼. 엄마도 괜찮다고 하실 거야."

"허락하지 않으실걸요." 내가 말했다.

"지금은 물어볼 필요 없다니까." 낸시가 말했다. "공연히 귀찮게 해 드리지 마."

"가지 말라고 하시진 않았잖아." 캐디가 말했다.

"우리가 묻질 않았으니까 그렇지." 내가 말했다.

"만약 둘이 가면 일러바칠 거야." 제이슨이 말했다.

"재밌게 놀 수 있을 거야." 낸시가 말했다. "그저 우리 집에 가는 건데, 엄마는 신경 쓰지 않으실 거야. 난 너희 집에서 오 랫동안 일해 왔잖아. 부모님은 걱정하지 않으실 거야."

"난 가도 괜찮아." 캐디가 말했다. "제이슨은 괜찮지 않지. 일러바칠 테니까."

"난 아니야." 제이슨이 말했다.

"그래, 넌 그럴 거야." 캐디가 대꾸했다. "넌 일러바칠 거야."

"난 일러바치지 않을 거야." 제이슨이 말했다. "난 무섭지 않아."

"나랑 가면 제이슨은 무서워하지 않을 거야." 낸시가 말했다. "그렇지, 제이슨?"

"제이슨이 일러바칠 거예요." 캐디가 말했다. 오솔길은 어둠에 싸여 있었다. 우리는 목초지 입구를 지나갔다. "문 뒤에서 뭐라도 갑자기 튀어나오면 제이슨이 비명을 지를 거야."

"안 그럴 거야." 제이슨이 말했다. 우리는 오솔길을 따라 내려갔다. 낸시가 큰 소리로 떠들어 댔다.

"왜 그렇게 큰 소리로 말하는 거예요, 낸시 아줌마?" 캐디가 물었다.

"누가 말이야? 내가?" 낸시가 말했다. "퀜틴이랑 캐디, 제이슨이 내가 큰 소리로 말한다고 그러네."

"아줌마는 이곳에 다섯 사람이 있는 것처럼 얘기해요." 캐디가 말했다. "아빠도 있는 것처럼 말한다고요."

"누가? 내가 큰 소리로 말하는 건가요, 제이슨 씨?" 낸시가 물었다.

"낸시 아줌마가 제이슨을 '제이슨 씨'라고 불렀어." 캐디가 말했다.

"캐디랑 퀜틴이랑 제이슨이 말하는 거 좀 봐." 낸시가 말했다.

"우린 큰 소리로 말하지 않아요." 캐디가 말했다. "아빠처럼 말하고 있는 건 아줌마예요."

"쉿!" 낸시가 말했다. "조용히 하세요, 제이슨 씨."

"낸시가 또 제이슨을 '제이슨 씨'라고 하네."

"쉿!" 낸시가 말했다. 그녀는 도랑을 건너 빨래 보따리를 머리에 이고 무릎걸음으로 지나곤 하던 울타리를 통과할 때도 큰 소리로 말하고 있었다. 마침내 우리는 그녀 집에 도착했다. 그때 우리는 빠른 걸음으로 걸어가고 있었던 것이다. 그녀가 문을 열었다. 집 안에서 나는 냄새는 램프에서 나는 냄새 같았고, 낸시에게서 나는 냄새는 램프 심지에서 나는 냄새 같았다. 그 두 냄새는, 상대가 냄새를 풍기길 기다리고 있었던 것 같았다. 낸시는 램프 불을 켜고 문을 닫은 뒤 빗장을 걸었다. 그리고 나서 그녀는 더 이상 큰 소리를 내지 않고 우리를 바라보았다.

"이제 뭘 할 거예요?" 캐디가 물었다.

"너희 뭘 하고 싶니?" 낸시가 되물었다.

"재밌는 걸 할 거라고 했잖아요." 캐디가 말했다.

낸시의 집에는 뭔가가 있는 것 같았다. 낸시와 집 냄새 외에 무언가 다른 냄새도 풍겼기 때문이다. 제이슨조차 그 냄새를 맡았다. "난 여기 있고 싶지 않아." 그가 말했다. "집에 가고 싶어."

"그럼 집에 가렴." 캐디가 말했다.

"나 혼자서 가고 싶지 않아." 제이슨이 말했다.

"이제 재밌게 놀 거야." 낸시가 말했다.

"어떻게요?" 캐디가 물었다.

낸시는 문가에 서 있었다. 그녀는 우리를 쳐다보고 있었지만 두 눈은 텅 빈 것 같았고, 마치 눈을 더 이상 사용하지 는 듯했다. "너희 뭘 하고 싶니?" 그녀가 물었다.

"옛날얘기 해 줘요." 캐디가 말했다. "옛날얘기를 해 줄 수 있나요?"

"물론이지." 낸시가 대답했다. "그럼 할 수 있고말고."

"그럼 해 줘요." 캐디가 말했다. 우리는 낸시를 바라보았다. "아는 옛날얘기 없는 거죠?"

"있어." 낸시가 대답했다. "당연히 있고말고."

낸시가 난로 앞 의자에 다가와 앉았다. 난로에는 불을 조금 지펴 놓았다. 방 안이 이미 더운데도 낸시는 난로에 불을 지펴 놓았다. 불이 잘 타올랐다. 그녀는 이야기를 시작했다. 이야기를 하면서 우리를 바라보고 있었지만, 우리를 지켜보는 그녀의 두 눈과 이야기를 들려주는 그녀의 목소리는 모두 그녀의 것이 아닌 것 같았다. 그녀는 다른 어떤 곳에 사는 것 같았고, 또 다른 어떤 곳에서 기다리고 있는 듯했다. 그녀의 목소리, 그녀의 모습, 즉 머리에 빨래 보따리를 이고 균형을 잡으며 울타리 아래를 마치 풍선처럼 가볍게 지나가던 낸시는 오두막 안에 있었다. 그러나 그뿐이었다. "그래서 여왕은 나쁜 사람이 숨어 있는 도랑으로 걸어갔단다. 그렇게 도랑으로 걸어가서 '만약 내가 여기 이 도랑을 건널 수 있다면,' 하고 이렇게 말했지……."

"어떤 도랑 말이에요?" 캐디가 물었다. "저기 바깥에 있는 도랑 같은 거요? 여왕은 왜 도랑에 내려가려는 건가요?"

"자기 집으로 가려고 그러지." 낸시가 대답했다. 그러면서 우리를 바라보았다. "빨리 자기 집으로 가서 빗장을 잠그려면 도랑을 건너야 하니까."

"왜 집에 가서 빗장을 잠그려는 건가요?" 캐디가 물었다.

4

낸시는 우리를 쳐다보았다. 이야기는 멈추었다. 우리를 바라볼 뿐이었다. 제이슨은 다리를 쭉 뻗은 채 낸시의 무릎에 앉아 있었다. "얘기가 재미없어." 그가 말했다. "집에 가고 싶어."

"우리도 가는 게 좋을 것 같아요." 캐디가 말했다. 그녀는 마룻바닥에서 일어났다. "지금쯤 우릴 찾고 있을 거예요." 그러면서 그녀는 문 쪽으로 걸어갔다.

"안 돼." 낸시가 말했다. "문 열지 마." 그녀는 의자에서 일어나 캐디를 지나쳐 갔다. 그녀는 문에도 나무 빗장에도 손을 대지 않았다.

"문을 열면 왜 안 되는데요?" 캐디가 물었다.

"램프 있는 데로 돌아가." 낸시가 말했다. "우린 재밌게 놀 거야. 집에 돌아가지 않아도 돼."

"우린 갈 거예요." 캐디가 말했다. "엄청나게 재밌지 않으면 말이에요." 캐디와 낸시가 난로와 램프가 있는 곳으로 돌아왔다.

"난 집에 가고 싶어." 제이슨이 말했다. "내가 모두 일러바칠 거야."

"또 다른 얘기도 있어." 낸시가 말했다. 그녀는 램프에 바짝 붙어 섰다. 그녀는 마치 코 위에 균형을 잡고 있는 막대기를 쳐다보는 듯 캐디를 쳐다보았다. 캐디를 쳐다보려면 눈을 내리깔아야 했지만, 그녀의 두 눈은 코에 막대기를 얹고 균형을 잡을 때처럼 보였다.

"옛날얘기 안 들을래." 제이슨이 말했다. "발을 동동 구를 거야."

"이번 얘기는 재밌어." 낸시가 말했다. "아까 얘기보다 더 재밌거든."

"무슨 얘기인데요?" 캐디가 물었다. 낸시는 여전히 램프 불 가까이 서 있었다. 그녀는 길쭉한 갈색 손을 램프 위에 올려놓아 불빛을 막았다.

　"아줌마 손이 뜨거운 둥근 램프 위에 있어요." 캐디가 말했다. "손이 뜨겁지 않나요?"

　낸시는 램프의 연기 기둥 위에 올려놓은 손을 바라보았다. 그러더니 천천히 손을 치웠다. 그녀는 그 자리에 선 채 캐디를 쳐다보며 마치 줄로 손목에 매어 놓은 것 같은 길쭉한 손을 쥐어짜고 있었다.

　"우리 옛날얘기 말고 다른 거 해요." 캐디가 말했다.

　"난 집에 가고 싶어." 제이슨이 말했다.

　"팝콘이 좀 있어." 낸시가 말했다. 그녀는 캐디를 쳐다보다가 제이슨을, 그다음에는 나를 쳐다보다가 다시 캐디를 쳐다보았다. "팝콘이 있어."

　"난 팝콘 싫어." 제이슨이 말했다. "사탕이 더 좋아."

　낸시는 제이슨을 바라보았다. "네가 팝콘 튀기는 냄비를 잡고 있으려무나." 그녀는 손을 여전히 쥐어짜고 있었다. 손은 길쭉하고 무기력한 갈색이었다.

　"좋아요." 제이슨이 말했다. "그렇게 해 주면 좀 더 있을게요. 캐디 누나는 못 잡게 해요. 누나가 팝콘 튀기는 냄비를 잡으면 난 다시 집에 가고 싶어질 테니까."

　낸시는 불을 피웠다. "낸시 아줌마가 불 속에 손을 집어넣는 것 좀 봐." 캐디가 말했다. "무슨 일이에요, 낸시 아줌마?"

　"팝콘이 있어." 낸시가 말했다. "팝콘이 조금 있다고." 그녀는 침대 밑에서 팝콘 냄비를 꺼냈다. 냄비는 망가져 있었다. 그래서 제이슨은 울기 시작했다.

　"팝콘 못 먹게 됐잖아." 제이슨이 말했다.

　"어쨌든 우리는 집에 가야 해요." 캐디가 말했다. "자, 집에 가자, 퀜틴 오빠."

"잠깐 기다려." 낸시가 말했다. "기다려 봐. 냄비 고칠 수 있어. 고치는 거 도와주지 않을래?"

"싫어요." 캐디가 말했다. "이제 너무 늦었거든요."

"네가 도와줘, 제이슨." 낸시가 말했다. "날 도와주고 싶지 않아?"

"싫어." 제이슨이 말했다. "집에 가고 싶어."

"쉿!" 낸시가 말했다. "쉿, 쳐다봐. 날 쳐다봐. 제이슨이 붙잡고 팝콘을 튀길 수 있도록 난 이걸 고칠 수 있어." 그녀는 철사 줄 하나를 가져와서 망가진 냄비를 수리하기 시작했다.

"제대로 지탱하지 못할 거예요." 캐디가 말했다.

"아냐, 잘될 거야." 낸시가 말했다. "너희, 모두 잘 봐. 그리고 너희 모두 옥수수 알갱이 떼 내는 것 좀 도와줘."

팝콘 옥수수도 역시 침대 밑에 있었다. 우리는 알갱이를 떼어 내 냄비에 담았고, 낸시는 제이슨이 난롯불 위에 냄비 올려놓는 것을 도와주었다.

"안 튀겨지잖아." 제이슨이 말했다. "난 집에 가고 싶어."

"잠깐 기다려 봐." 낸시가 말했다. "이제 튀겨지기 시작할 거야. 그러면 아주 재밌을걸." 그녀는 불에 바짝 붙어 앉아 있었다. 램프 심지를 너무 높이 올려놓아서 연기가 나기 시작했다.

"심지 좀 줄여요." 내가 말했다.

"괜찮아." 낸시가 말했다. "나중에 닦아 내면 돼. 너희 모두 기다려 봐. 팝콘이 금방 튀기 시작할 테니."

"그럴 것 같지 않은데요." 캐디가 말했다. "어쨌든 우린 이제 집에 가야 해요. 엄마 아빠가 걱정할 거예요."

"아냐." 낸시가 말했다. "곧 튀겨질 거야. 그리고 딜지가 너희는 나랑 있다고 말할 거야. 난 오랫동안 너희 집에서 일해 왔잖아. 그러니 너희가 우리 집에 있다고 하면 부모님은 걱정하지 않으실 거야. 조금 기다려 봐. 이제 곧 튀겨지기 시작할 테니."

그때 눈에 연기가 들어가자 제이슨이 울음을 터뜨렸다. 그 바람에 냄비가 불 속에 떨어지고 말았다. 낸시가 젖은 수건을 가져와서 제이슨의 얼굴을 닦아 주었지만 그는 울음을 그치지 않았다.

"쉿!" 낸시가 말했다. "쉿!" 그래도 제이슨은 울음을 그치지 않았다. 캐디가 불 속에서 냄비를 꺼냈다.

"다 타 버렸어." 캐디가 말했다. "팝콘이 더 있어야겠어요, 낸시 아줌마."

"옥수수를 모두 넣은 거야?" 낸시가 물었다.

"네." 캐디가 대답했다. 낸시가 캐디를 바라보았다. 그러고는 냄비를 집어 뚜껑을 열고 타 버린 재를 앞치마에 쏟아붓고는 길쭉한 갈색 손으로 타지 않은 옥수수 알갱이를 골라 내기 시작했다. 우리는 그러고 있는 그녀의 모습을 지켜보았다.

"옥수수 더 없죠?" 캐디가 물었다.

"아니, 있어." 낸시가 대답했다. "있어. 자, 이것 좀 봐. 모두 타 버리진 않았잖아. 이제 할 일은……."

"난 집에 가고 싶어." 제이슨이 말했다. "내가 다 일러바칠 거야."

"쉿!" 캐디가 말했다. 우리 모두 귀를 쫑긋 세웠다. 낸시는 빗장 걸린 문을 향해 벌써 고개를 돌렸고, 그녀의 두 눈에는 붉은 램프 불빛이 가득했다. "누가 오고 있어요." 캐디가 말했다.

그때 낸시가 난롯가에 앉아 무릎 사이로 기다란 두 손을 늘어뜨린 채 그다지 크지 않은 목소리로 다시 소리를 내기 시작했다. 갑자기 한 줄기 물이 그녀의 얼굴에서 솟아나 큼직하게 방울져 흘러내리기 시작했다. 한 방울 한 방울에는 스파크 같은 난로 불빛이 회전하는 공처럼 담겨 있다가 마침내 그녀의 턱 아래로 떨어져 내렸다. "낸시 아줌마는 우는 게 아니야." 내가 말했다.

"난 울고 있지 않아." 낸시가 말했다. 그녀는 두 눈을 감고 있었다. "그래, 난 울지 않아. 한데 누굴까?"

"잘 모르겠어요." 캐디가 말했다. 그녀는 문으로 가서 바깥을 내다보았다. "이제 우린 집에 가야 해요." 그녀가 말했다. "아버지가 오시네요."

"모두 다 일러바칠 거야." 제이슨이 말했다. "형이랑 누나가 날 이곳에 데려왔다고."

여전히 낸시의 얼굴에는 물이 흘러내리고 있었다. 그녀는 의자에 앉아서 몸을 돌렸다. "내 말 잘 들어. 너희 아빠에게 이렇게 말해. 우린 재밌게 놀 거라고 말이야. 내일 아침까지 내가 너희를 잘 돌봐 줄 거라고 말해. 아니면 나를 너희 집에 데려가 마룻바닥에서 자게 해 달라고 말해. 짚으로 만든 요 같은 건 필요 없다고도 해. 우린 재밌게 놀 거야. 지난번에 우리 재밌게 놀았던 거 잊지 않았겠지?"

"난 재미없었어." 제이슨이 말했다. "아줌마는 날 아프게 했어. 내 눈에 연기를 넣었잖아. 다 일러바칠 거야."

아버지가 오두막 안으로 들어왔다. 그는 우리를 바라보았다. 낸시는 의자에서 일어나지 않았다.

"어서 말씀드려." 그녀가 말했다.

"캐디 누나가 우릴 이곳에 데려왔어요." 제이슨이 말했다. "난 오고 싶지 않았어요."

아버지는 난롯가로 다가갔다. 낸시가 그를 올려다보았다. "레이철 아주머니한테 가서 지낼 수 있지 않겠나?" 아버지가 물었다. 낸시는 두 손을 무릎 사이에 올려놓은 채 아버지를 쳐다보았다. "그 사람은 이곳에 없어." 아버지가 말했다. "만약 있었다면 내가 봤을 거야. 그림자도 보이지 않아."

"그 사람은 도랑에 있어요." 낸시가 말했다. "저기 저쪽 도랑에서 기다리고 있다고요."

"허튼소리 하지 말게." 아버지가 말했다. 그러면서 낸시를 바라보았다. "그 사람이 그곳에 있다는 걸 아는 건가?"

"흔적이 있거든요." 낸시가 대답했다.

"어떤 흔적?"

"제가 찾아냈어요. 집으로 돌아왔을 때 식탁 위에 있었어요. 아직 피 묻은 살점이 붙어 있는 돼지 뼈가 램프 옆에 놓여 있었어요. 그 사람은 그곳에 있어. 모두 여길 떠나면 전 사라질 거예요."

"어디로 사라지는데요, 낸시 아줌마?" 캐디가 물었다.

"난 고자질쟁이가 아니야." 제이슨이 말했다.

"말도 안 되는 소리." 아버지가 대꾸했다.

"그 사람은 집 밖에 있어요." 낸시가 말했다. "지금 이 순간에도 창문을 통해 보고 있을 거예요. 모두 집에 가기를 기다리면서요. 그러면 전 사라져 버릴 거고요."

"말도 안 되는 소리." 아버지가 말했다. "문 걸어 잠그게. 자네를 레이철 아주머니한테 데려다줄 테니."

"그래도 아무 소용 없을 거예요." 낸시가 대꾸했다. 그녀는 이제 더는 아버지를 쳐다보지 않았지만, 아버지는 그녀를, 그녀가 길쭉하고 축 늘어진 손을 흔들어 대는 모습을 내려다보고 있었다. "피해 봤자 아무 소용 없다고요."

"그럼 자네가 원하는 게 뭔가?" 아버지가 물었다.

"모르겠어요." 낸시가 대답했다. "아무것도 할 수 없어요. 다만 피하는 것밖에는요. 하지만 그것도 결국 소용없을 테죠. 저한테 속해 있는 것 같아요. 제가 받아야 할 거라면 받아야죠."

"뭘 받는다는 거예요?" 캐디가 물었다. "받아야 할 게 뭔데요?"

"아무것도 아니란다." 아버지가 말했다. "자, 너희는 이제 잠을 잘 시간이야."

"캐디 누나가 여기로 데려왔어요." 제이슨이 말했다.

"레이철 아주머니 집에 가 있게." 아버지가 말했다.

"그래 봤자 소용없을 거예요." 낸시가 말했다. 그녀는 팔꿈치를 무릎에 대고 길쭉한 두 손을 다리 사이에 늘어뜨린 채 불 앞에 앉아 있었다. "선생님 댁 부엌에 있는다 해도 아무 소용이 없을 겁니다. 아이들과 함께 마룻바닥에서 잔다 해도 이튿날 아침이면 전 피투성이일 거예요."

"쉿!" 아버지가 말했다. "문을 잠그고 램프 불을 끄게. 그리고 잠자리에 들게."

"어둠이 무서워요." 낸시가 말했다. "어둠 속에서 벌어질 일이 두려워요."

"그럼 램프 불을 켜 놓고 여기 그냥 앉아 있겠다는 거야?" 아버지가 말했다. 그때 낸시는 길쭉한 손을 무릎 사이에 얹고 난로 앞에 앉아서 먼젓번의 그 소리를 내기 시작했다. "아, 빌어먹을!" 아버지가 내뱉었다. "얘들아, 이리 오너라. 잘 시간이 지났어."

"모두 가 버리면 전 사라질 거예요." 낸시가 말했다. 그녀는 조용히 말했고, 그녀의 얼굴은 그녀의 두 손처럼 평온해 보였다. "어쨌든 제 관 값은 러브레이디 씨에게 맡겨 됐어요." 러브레이디 씨는 키가 작고 비열한 보험 수금원이었다. 매주 토요일 오전이면 50센트의 보험금을 수금하려고 흑인들의 오두막이나 그들이 일하는 백인들 집 부엌을 방문했다. 그와 그의 아내는 여관에서 살았다. 그런데 어느 날 아침 그의 아내가 스스로 목숨을 끊었다. 그들에게는 어린 딸이 하나 있었다. 그 후 그와 딸아이는 어디론가 사라져 버렸다. 한두 주쯤 뒤에 그는 혼자 읍내로 돌아왔다.

우리는 토요일 아침이면 오솔길이나 뒷골목을 따라 걷는 그 사람을 보곤 했다.

"말 같지 않은 소리 하지 말게." 아버지가 말했다. "자넨 내가 내일 아침 우리 집 부엌에서 맨 처음 만나게 될 테니까."

"뭐든 보시긴 할 테죠." 낸시가 말했다. "하지만 뭘 보시게 될지는 오직 하느님만 아실 거예요."

6

우리는 불 앞에 앉아 있는 낸시를 두고 오두막에서 나왔다.

"와서 빗장을 걸게." 아버지가 말했다. 하지만 그녀는 꼼짝달싹도 하지 않았다. 우리에게 눈길 한번 주지 않고 램프와 난로 사이에 아무 말 없이 앉아 있을 뿐이었다. 오솔길로 얼마만큼 들어서서 고개를 돌리자 열려 있는 문으로 그녀의 모습이 보였다.

"무슨 일이에요, 아빠?" 캐디가 물었다. "무슨 일이 일어나는 거예요?"

"아냐, 아무 일도 일어나지 않아." 아버지가 대답했다. 제이슨은 아버지 등에 업혀 있어 우리 중에서 가장 키가 커 보였다. 우리는 도랑 아래쪽으로 내려갔다. 나는 말없이 도랑 쪽을 쳐다보았다. 그러나 달빛과 그림자가 뒤엉켜 있는 곳에서는 잘 보이지 않았다.

"만약 지저스가 이곳에 숨어 있다면 그 사람은 우리를 볼수 있겠죠?" 캐디가 물었다.

"그 사람은 여기 없어." 아버지가 대답했다. "오래전에 이곳을 떠났거든."

"형이랑 누나가 날 여기로 데려왔어요." 제이슨이 높은 곳에서 말했다. 하늘을 배경으로 두고 걷는 아버지에게는 작은 얼굴과 큰 얼굴 두 개가 붙어 있는 것 같았다.

"난 이곳에 오고 싶지 않았어요."

우리는 도랑을 빠져나와서 길로 올라섰다. 그러자 낸시의 집과 열려 있는 문이 보였지만, 지칠 대로 지쳐서 문을 열어놓은 채 불 앞에 앉아 있는 낸시의 모습은 더 이상 보이지 않왔다. "난 다만 지쳤어요." 그녀가 말했다. "난 다만 검둥이일 뿐이에요. 하지만 그건 내 잘못이 아니거든요."

그러나 우리는 그렇게 말하는 낸시의 목소리를 들을 수 있었다. 그녀가 이제 노래인 것 같기도 하고 그렇지 않은 것 같기도 한 소리를 내기 시작했기 때문이었다. "이제 우리 집 빨래는 누가 해요, 아빠?" 내가 물었다.

"난 검둥이가 아니야." 제이슨이 아버지 머리 위에 바짝 붙어서 말했다.

"넌 검둥이보다 더 나빠." 캐디가 말했다. "넌 고자질쟁이야. 만약 뭔가가 갑자기 튀어나오면 넌 검둥이보다 더 겁을 집어먹을 거야." 캐디가 말했다.

"난 안 그래." 제이슨이 대꾸했다.

"넌 울음을 터뜨릴 거야." 캐디가 말했다.

"캐디." 아버지가 말했다.

"난 아니거든!" 제이슨이 말했다.

"겁쟁이 고양이." 캐디가 말했다.

"캔디스!" 아버지가 말했다.

에밀리에게 장미를

1

미스 에밀리 그리어슨[28]이 세상을 떠났을 때 우리 읍내 사람들은 모두 그녀의 장례식에 참석했다. 남자들은 허물어진 기념비에 대한 일종의 존경심에서, 여자들은 대부분 그녀의 집 안을 보고 싶은 호기심에서 그랬던 것이다. 미스 에밀리의 집 내부에는 적어도 10년 동안 정원사 겸 요리사로 일한 늙은 흑인 하인을 제외하고는 아무도 들어가 본 사람이 없었다.

미스 에밀리의 집은 한때는 흰색이었던 크고 네모난 목조 가옥이었다. 1870년대의 중후하면서도 우아한 건축 양식에 따라 지붕이 둥글고 뾰족탑과 소용돌이 모양의 발코니가 있는 집이었는데, 우리 읍내에서도 한때는 제일가던 거리에 위치해 있었다. 그러나 자동차 정비소와 조면기(操綿機)가 침입해 들어오면서 이 근처의 명문가들은 흔적도 없이 사러저 버

---

28   미국 남부에서는 나이에 관계없이 결혼하지 않은 여성을 '미스'라고 부른다.

렸다. 다만 미스 에밀리의 집만 남아 목화를 실어 나르는 수레와 가솔린펌프 너머로 고집스럽고 요염하게 조락해 가는 모습을 드러내고 있어서 흉물스럽기 짝이 없었다. 그리고 이제 미스 에밀리마저도 세상을 떠나 제퍼슨[29] 전투에서 전사한 남군과 북군의 유명·무명 장병들의 무덤 사이, 히말라야삼나무에 둘러싸인 공동묘지의 명문가 대표자들 곁에 묻히고 말았다.

살아 있을 때 미스 에밀리는 하나의 전통, 하나의 의무, 하나의 걱정거리였다. 읍내 사람들이 여러 세대에 걸쳐 갚아야 할 채무와도 같았다고나 할까. 그 채무는, 흑인 여자라면 앞치마를 두르지 않고서 거리에 나올 수 없다는 명령을 내린 읍장 사토리스 대령이 그녀의 세금을 면제해 주었던 1894년의 그날부터 시작되었다. 에밀리의 아버지가 세상을 떠난 날부터 영원히 효력을 가지는 특별한 혜택이었다. 물론 그렇다고 미스 에밀리가 그런 특혜를 기꺼이 받아들였다는 뜻은 아니다. 사토리스 대령은 미스 에밀리의 아버지가 읍에 돈을 빌려줬는데 읍에서는 업무상 이런 방법으로 상환하기로 했다는 복잡한 이야기를 꾸며 냈다. 이것은 사토리스 대령 세대에 속한 사람이나 그와 비슷한 사고방식을 가진 사람만이 꾸며 낼 수 있는 구실이었으며, 오직 아낙네들만 믿을 법한 구실이었다.

시대가 바뀌어 좀 더 진보적인 사상의 젊은 세대가 읍장이 되고 읍의회 의원이 되자 이런 조치에 대해 차츰 불만이 생

---

29 미국 미시시피주 라피엣군 옥스퍼드를 모델로 윌리엄 포크너가 만들어 낸 상상의 소읍으로 역시 상상의 지역인 요크너퍼토퍼(Yoknapatawpha)군의 군청 소재지다. 남북 전쟁 중 옥스퍼드에서 북군과 남군 사이에 교전이 있었다.

겼다. 새해 초가 되면 읍에서는 우편으로 미스 에밀리에게 납세 고지서를 보냈다. 그러나 2월이 되어도 아무런 회답이 없었다. 마침내 그들은 에밀리에게 편리할 때 치안관 사무실로 출두해 달라고 정식 서류를 보냈다. 다시 일주일 뒤 읍장이 직접 그녀에게 편지를 보내서 그녀를 방문하든지 아니면 그녀에게 차를 보내겠다고 제안했다. 그러자 마침내 고풍스러운 종이에 색이 바랜 잉크로 날려쓴 한 장짜리 답신이 왔는데, 그녀는 더 이상 외출하지 않는다는 내용이었다. 그리고 아무런 언급도 없이 세금 고지서를 동봉했다.

그들은 특별 읍의회를 소집했다. 대표단이 8년이나 10년 전 에밀리가 도자기 그림 교습을 중지한 이후로 아무도 들어간 적이 없는 집 문을 노크했다. 늙은 흑인이 일행을 어두컴컴한 홀로 안내했고, 이 홀에서 2층으로 올라가는 계단 위쪽은 훨씬 더 어두컴컴했다. 먼지 냄새와 오랫동안 사용하지 않은 공간에서 나는 밀폐된 공간의 눅눅한 냄새가 풍겼다. 흑인 하인은 방문객들을 응접실로 안내했다. 응접실에는 가죽을 씌운 육중한 가구들이 놓여 있었다. 늙은 흑인이 한 창문의 블라인드를 걷어 올리자 가구 가죽에 여기저기 금이 간 것이 눈에 띄었다. 그들이 소파에 앉자 허벅지 주위에 희미한 먼지가 가볍게 일어나 한 줄기 햇빛 속에서 천천히 맴돌았다. 벽난로 앞쪽 도금이 흐려진 이젤 위에는 크레용으로 그린 에밀리 아버지의 초상화가 세워져 있었다.

에밀리가 응접실에 들어오자 일행은 자리에서 일어섰다. 그녀는 몸집이 작고 통통한 여성으로 검은 옷을 입고 있었다. 가느다란 금 시곗줄이 허리까지 내려오다가 벨트 속으로 사라졌다. 그녀는 손잡이의 금칠이 벗어진 흑단 지팡이에 몸을 의지하고 있었다. 그녀의 골격은 작고 가냘펐다. 그래서 다른 여자라면 그저 통통한 체구라는 인상을 주었을 테지만 그녀는 비만해 보였다. 그녀는 웅덩이 물속에 오랫동안 잠겨 있던 시체처럼 퉁퉁 부어 보였고 얼굴빛 또한 창백했다. 솟아오른 얼굴 살에 파묻힌 두 눈은 마치 밀가루 반죽 속에 석탄 조각 둘을 쿡 박아 놓은 듯 보였다. 방문객들이 찾아온 용건을 말하는 동안 그녀는 그들의 얼굴을 번갈아 바라보았다.

에밀리는 일행에게 앉으라는 말도 건네지 않았다. 그저 문가에 서서 대표자가 더듬거리며 말을 끝낼 때까지 조용히 듣고만 있었다. 그때 시계는 보이지 않았지만 금 시곗줄 끝에서 째깍째깍하는 소리가 들렸다.

그녀의 목소리는 메마르고 차가웠다. "나는 제퍼슨 읍에 내야 할 세금이 없어요. 사토리스 대령이 내게 설명해 줬지요. 여러분 중 누가 읍의 기록을 살펴보면 알 겁니다."

"우리도 이미 살펴봤습니다, 미스 에밀리. 저희는 읍 당국자들입니다. 미스 에밀리, 치안관이 직접 서명한 서류를 받지 못하셨습니까?"

"네, 종이쪽지를 한 장 받기는 했어요." 미스 에밀리가 대답했다. "아마 그 사람은 자신이 치안관이라고 생각하는가 본데…… 나는 제퍼슨 읍에 낼 세금이 없어요."

"하지만 기록에는 그 사실을 입증할 만한 내용이 전혀 없습니다. 아시다시피 저희는 절차에 따라……."

"사토리스 대령을 만나 보세요. 난 제퍼슨 읍에 낼 세금이 없으니까요."

"하지만 미스 에밀리……."

"사토리스 대령을 만나보라니까요." (사토리스 대령은 사망한

지 10년이 다 되었다.) "난 제퍼슨 읍에 낼 세금이 없어요. 토브!"

그러자 늙은 흑인이 나타났다.

"이분들을 배웅해 드려."

2

그렇게 에밀리는 30년 전 악취 건으로 그들의 아버지들을 물리친 것처럼 방문객 일행을 한꺼번에 물리쳐 버렸다. 그것은 그녀의 아버지가 사망하고 2년 후, 그녀의 애인이 — 그녀와 결혼하리라고 우리가 믿었던 그 사나이가 — 그녀를 버린 지 얼마 되지 않았을 때의 일이었다. 아버지가 사망한 뒤 그녀는 외출하는 일이 아주 드물었다. 그리고 애인이 그녀를 버리고 떠난 뒤 사람들은 그녀의 모습을 거의 볼 수 없었다. 몇몇 여자들이 용기를 내서 그녀를 방문했지만 거절당했다. 이 집에 사람이 살고 있다는 유일한 표시는 시장바구니를 들고 드나드는 흑인 하인뿐이었다. 그 무렵 그는 아직 젊은이였다.

"마치 사내도 — 어떤 사내건 — 부엌일을 제대로 해낼 수 있다고 생각하는 것 같네." 여자들은 수군거렸다. 그래서 그 집 안에서 악취가 풍겨 나와도 여자들은 크게 놀라지 않았다. 이 냄새야말로 천박하고 우글거리는 속세와 지체 높고 당당한 그리어슨 가문을 연결해 주는 또 다른 고리였기 때문이다.

이웃에 사는 한 여자가 여든 살의 읍장 스티븐스 판사에게 불평을 늘어놓았다.

"하지만 부인, 나더러 그 일을 어떻게 처리하라는 겁니까?" 시장이 물었다.

"아, 그거야 악취를 풍기지 말라고 명령을 내리시면 되죠. 그렇게 할 수 있는 법이 없나요?" 부인이 말했다.

"그럴 필요까지는 없을 것 같군요." 스티븐스 판사가 대답했다. "아마 그 집 검둥이가 안마당에서 쥐나 뱀을 잡아 죽인 모양입니다. 내가 그 검둥이 놈에게 일러두지요."

이튿날 읍장은 항의를 두 건 더 받았다. 그중 하나로, 한 남자가 머뭇머뭇하며 하소연했다. "판사님, 정말이지 뭔가 조치를 해야겠어요. 저도 미스 에밀리를 괴롭힐 생각은 추호도 없습니다만, 뭔가 대책을 세워야겠습니다." 그날 밤 읍의회가 열렸다. 수염이 희끗희끗한 노인 세 명과 신세대인 청년 의원 한 사람이 참석했다.

"그 문제는 아주 간단합니다." 청년 의원이 말했다. "미스 에밀리에게 집 안 청소를 깨끗이 하라고 명령을 내리는 겁니다. 언제까지 청소를 하라고 기한을 주고, 만일 그때까지 말을 듣지 않으면……."

"이거야 원, 젠장!" 스티븐스 판사가 말했다. "악취가 난다고 점잖은 부인에게 면박을 줄 수 있겠소?"

그래서 이튿날 밤 자정이 지난 뒤 네 사람은 미스 에밀리 집의 잔디밭을 가로질러 강도들처럼 집 주위를 살금살금 돌아다니며 벽돌 틈새와 지하실 입구의 냄새를 맡았다. 그러는 동안, 그들 중 한 사람은 어깨에 자루를 메고 마치 씨앗을 뿌리는 듯한 동작으로 소독약을 뿌렸다. 그들은 지하실 문을 열어젖힌 다음 그 안에 석회를 뿌리고 바깥 건물에도 똑같이 뿌렸다. 일행이 잔디밭을 다시 가로질러 갈 즈음, 그동안 깜깜했던 창문에 불이 켜지면서 불빛을 등지고 앉은 미스 에밀리의 모습이 눈에 들어왔다. 그녀의 꼿꼿한 상체는 우상의 토르소처럼 조금도 움직이지 않았다. 일행은 가만가만 잔디밭을 기어 나와 거리에 줄지어 선 아카시아 그늘 속으로 몸을 감췄다. 한두 주일이 자나자 악취는 사라졌다.

읍내 사람들이 에밀리를 정말로 불쌍하게 여기기 시작한 것은 바로 그 무렵이었다. 그녀의 고모할머니 와이엇 부인이 마침내 완전히 미쳐 버린 사실을 기억하고 있던 읍 주민들은 그리어슨 집안 사람들이 실제 이상으로 조금 지나치게 거만하다고 믿고 있었다. 마을 청년들 중 어느 누구도 미스 에밀리의 신랑감으로 걸맞아 보이지 않았다. 우리는 오랫동안 그들을 한 폭의 활인화(活人畫)로 생각하고 있었다. 즉 미스 에밀리는 흰옷 차림의 날씬한 모습으로 뒤쪽 배경에 서 있고, 그녀의 아버지는 그녀에게 등을 돌린 채 말채찍을 손에 쥐고 양다리를 버티고 선 실루엣의 모습으로 앞쪽에 서 있었다. 그리고 활짝 열린 현관문은 활인화의 액자 노릇을 하고 있었다. 그리하여 나이가 서른이 다 되도록 에밀리가 독신으로 지낼 때 우리는 솔직히 기분이 좋았다고는 할 수 없어도 고소하게 여기긴 했다. 비록 집안에 정신병자가 있다 해도 결혼할 기회만 실현되었더라면 그녀는 그런 기회를 모조리 물리치지는 않았으리라.

에밀리의 아버지가 세상을 떠났을 때 그녀에게 남은 것이라고는 집 한 채뿐이라는 소문이 나돌았다. 그리고 어떤 의미에서 주민들은 기뻐했다. 마침내 미스 에밀리를 동정할 수 있게 되었기 때문이었다. 외톨이로 남아 거지 신세가 되었으니 그녀도 이제는 좀 더 인간다워질 것이다. 이제 그녀도 돈 한 푼 더 많고 적어서 빚어지는 그 기쁨과 절망을 알게 될 터다.

그녀의 아버지가 사망한 이튿날, 읍내 부인들은 관습에

따라 그녀의 집을 방문하여 조의를 표하고 도와주려고 했다. 미스 에밀리는 문간에서 그들을 맞이했는데 여느 때와 다름없는 옷차림에 얼굴에는 슬픈 기색이라고는 전혀 없었다. 그녀는 자신의 아버지가 죽지 않았다고 말했다. 목사들이 찾아오고 의사들이 그녀에게 장사를 지내라고 설득했지만 에밀리는 사흘 동안 똑같은 말만 되풀이했다. 마침내 사람들이 법에 호소하려 하자 그제야 그녀는 굴복했고, 읍내 사람들이 서둘러 장사를 지냈던 것이다.

그때 우리 중 아무도 에밀리가 정신이 나갔다고 말하지는 않았다. 우리는 그녀가 그럴 수밖에 없었으리라고 믿었다. 우리는 그녀의 아버지가 청년들을 모조리 쫓아 버린 사실을 기억하고 있었다. 이제 무엇 하나 남은 것이 없는 그녀로서는 누구나 그렇듯, 자기에게서 모든 기회를 앗아 간 아버지의 시체에라도 매달릴 수밖에 없었으리라고 생각했던 것이다.

3

에밀리는 오랫동안 몸져누워 있었다. 우리가 그녀를 다시 만났을 때, 그녀는 머리를 짧게 잘라서 마치 앳된 소녀 같았고, 교회의 스테인드글라스에 그려진 천사들과 어렴풋이 닮아 있었는데, 어딘지 모르게 비극적이고 평온해 보였다.

이 무렵 읍 당국에서는 도로를 포장하기 위한 계약을 체결했다. 그녀의 아버지가 세상을 떠난 이듬해, 여름 공사가 시작되었다. 건설 회사에서는 흑인 노동자들과 노새들을 데려왔고, 공사에 필요한 여러 가지 기계들을 가지고 왔다. 현장

감독은 양키[30] 출신으로 호머 배런이라는 사람이었는데, 몸집이 크고 피부가 가무잡잡한 데다 민첩한 사나이로 목소리도 크고 눈빛이 얼굴빛보다 더 옅었다. 어린애들은 그가 흑인 인부들에게 욕설을 퍼부어 대며 야단치는 모습과 흑인들이 곡괭이질을 하며 박자에 맞추어 부르는 노랫소리를 들으려고 떼를 지어 따라다녔다. 얼마 안 가서 호머는 읍내 사람을 모두 알게 되었다. 광장[31] 근처 어디서나 와자지껄한 웃음소리가 들릴 때면 으레 그 한복판에는 호머 배런이 있었다. 곧 일요일 오후면 그와 미스 에밀리가 잘 어울리는 한 쌍의 적갈색 말이 끄는 노란 바퀴의 사륜마차를 빌려 타고 드라이브하는 모습을 보이기 시작했다.

처음에 우리는 미스 에밀리가 세상일에 흥미를 느끼게 되었음을 기뻐했다. 부인들은 모두 이구동성으로 수군거렸다. "물론 그리어슨 가문의 규수가 북부 출신의 날품팔이 사내를 진지하게 생각하진 않을 거야." 그러나 아무리 집안에 슬픈 일이 있기로서니 진정한 숙녀라면 '노블레스 오블리주'[32]를 잊지 않으리라고 말하는 나이 지긋한 여자들도 있었다. 물론 그들은 실제로 '노블레스 오블리주'라는 말을 사용하지는 않았다. 다만 그들은 "가엾은 에밀리! 일가친척이라도 와 줘야 할 텐데." 하고 말할 뿐이었다. 그녀에게는 앨라배마주에 사는 친척이 있었다. 그러나 몇 해 전 그녀의 아버지가 실성한

---

30 '양키'라는 말은 외국인이 미국이나 미국 정부를 부정적으로 부를 때 사용하지만 미국 남부인들이 북부인들을 경멸적으로 부를 때도 흔히 사용한다.

31 미국 남부 읍은 둥근 원형 광장을 중심으로 그 주위에 상점들이 옹기종기 모여 있다.

32 noblesse oblige. 귀족 같은 고귀한 신분에는 의무가 따른다는 뜻.

와이엇 부인의 재산 문제로 그들과 다투었기 때문에 두 집안 사이에 연락은 끊겨 버리고 말았다. 그들은 심지어 에밀리 아버지의 장례식에도 참석하지 않았다.

그리고 노인들의 입에서 "불쌍한 에밀리!"라는 말이 나오자마자, 여기저기서 사람들이 수군거리기 시작했다. "정말 그럴 수가 있을까?" 사람들은 서로서로 말했다. "물론 그럴 테지. 그밖에 달리 어떻게……." 사람들은 남이 들을세라 손으로 입을 가리고 이렇게 말했다. 한 쌍의 잘 어울리는 말이 딸그락딸그락 소리를 내며 지나갈 때면, 일요일 오후의 햇빛을 가리려고 창에 쳐 놓은 차양 뒤에서 목을 길게 뺀 여자들이 비단과 공단 옷자락을 스치며 이렇게 소곤거렸다. "불쌍한 에밀리!"

심지어 우리가 에밀리는 이미 영락했다고 믿었을 때조차 그녀는 고개를 높이 쳐들고 다녔다. 그리어슨 가문의 마지막 후예로서 자신의 위엄을 사람들에게 더욱 과시하려는 듯 보였다. 또한 이런 속세와의 접촉을 통해 자신의 초연함을 재확인하려는 것 같았다. 그것은 그녀가 비소(砒素)라는 쥐약을 구입할 때도 마찬가지였다. 그 일이 있었던 것은 읍내 사람들 입에서 "불쌍한 에밀리!"라는 말이 나오기 시작한 지 1년이 넘었을 때였다. 사촌 자매 둘이 그녀 집을 방문해서 머무르던 동안이었다.

"독약 좀 주세요." 그녀는 약제사에게 말했다. 그때 에밀리는 이미 서른이 넘었지만 아직 몸매가 날씬했다. 여느 때보다 조금 여위기는 했어도 검은 두 눈은 냉정하고 거만해 보였다. 관자놀이와 눈구멍 주위의 살이 팽팽한 탓에 마치 등대지기의 얼굴을 보는 듯했다. "독약을 좀 주세요." 그녀가 다시 말했다.

"네, 미스 에밀리. 어떤 종류를 원하시죠? 쥐 같은 걸 잡으시려고요? 그렇다면 권하고 싶은 게……."

"제일 독한 걸로 주세요. 종류는 상관없어요."

약제사는 대여섯 가지 약 이름을 댔다. "이 약이라면 코끼리도 죽일 수 있습니다. 한데, 원하시는 게……."

"비소요." 에밀리가 말했다. "그거 좋은 약인가요?"

"비소 말인가요……? 물론이죠, 부인. 그런데 부인께서 원하시는 게……."

"비소를 달라니까요."

약제사는 그녀를 내려다보았다. 그녀는 꼿꼿하게 서서 마치 팽팽한 깃발 같은 표정을 짓고 그를 마주 바라보았다. "네, 물론 드리죠." 약제사가 말했다. "꼭 그 약을 사시겠다면. 하지만 법률상 그 약을 어디에 사용하려는지 용도를 밝히도록 되어 있습니다."

에밀리는 약제사의 눈을 마주 보기 위해 고개를 뒤로 젖히고 그를 뚫어져라 쳐다볼 뿐이었다. 마침내 약제사는 먼저 시선을 돌리고 안쪽으로 들어가 비소를 꺼내서 포장했다. 흑인 배달원 소년이 포장된 약을 그녀에게 가져다주었다. 약제사는 약국으로 다시 나오지 않았다. 에밀리가 집에 가서 포장을 풀어 보니 약상자 위에는 해골 밑에 넙다리뼈가 열십자로 교차된 그림 아래 '쥐약'이라고 적혀 있었다.

4

그래서 이튿날 우리는 모두 말했다. "그녀가 자살하려는

가 봐." 어쩌면 그것이 최선일지도 모른다고 말이다. 에밀리가 호머 배런과 처음으로 함께 나다니기 시작했을 때 우리는 말했다. "그와 결혼하려는가 보군." 그다음에 우리는 또 이렇게 말했다. "아직 그를 더 설득해야 하는 모양이로군." 호머는 스스로 결혼할 생각이 있는 사람이 아니라고 말했기 때문이다. 그는 남자들을 좋아했고, 그가 엘크스 클럽[33]에서 젊은 남자들과 술을 자주 마신다는 것은 잘 알려진 사실이었다. 그 뒤 우리는 일요일 오후 두 사람이 화려한 사륜마차를 타고 지나갈 때면 차일 뒤에서 "불쌍한 에밀리!" 하고 말했다. 그때 에밀리는 고개를 거만하게 높이 쳐들고, 호머 배런은 모자를 비스듬히 쓰고 입에 시가를 문 채 노란 장갑을 낀 손에 고삐와 채찍을 쥐고 있었다.

그 뒤 몇몇 부인들은 에밀리의 행동이 읍 전체의 수치요, 젊은이들에게 나쁜 본보기가 된다고 말하기 시작했다. 남자들은 그런 일에 간섭하려 들지 않았지만, 마침내 여자들은 침례교 목사에게 — 에밀리의 집안 사람들은 성공회[34]에 속해 있었다. — 그녀의 집을 방문하도록 했다. 그녀와 만나서 어떤 일이 있었는지 목사는 밝히려 하지 않았고, 두 번 다시 그녀를 방문하려고 하지 않았다. 그다음 일요일 그들은 또다시 마차를 타고 거리를 돌아다녔다. 그러자 이튿날 목사의 아내가 앨라배마주에 사는 미스 에밀리의 친척에게 편지를 써 보냈다.

---

33 1868년 미국의 조지프 M. 노크로스가 만든 남성 사교 클럽.

34 영국 국교로 한국과는 달리 미국에서는 개신교 중의 하나인 감리교회와 가깝다. 미국 남부에서는 침례교가 주류를 이룬다.

그래서 에밀리는 다시 한번 같은 지붕 아래에서 친척과 같이 지내게 되었고, 우리는 뒤로 물러서서 사태의 진전을 지켜보았다. 처음에는 아무 일도 일어나지 않았다. 그다음 우리는 그들이 머지않아 결혼하리라고 확신했다. 미스 에밀리가 보석상에 가서 남성용 은제 화장 도구 한 세트를 주문하고, 그 하나하나에 'H. B.'라는 머리글자를 새겨 넣게 한 사실을 알았다. 그리고 이틀 뒤 그녀가 잠옷을 포함하여 남성용 의류 일습을 사들였다는 사실도 알았다. 우리는 "이제 결혼을 하는구나." 하고 말했다. 우리는 정말 기뻐했다. 우리가 기뻐한 것은, 같이 살려고 온 에밀리의 두 여자 사촌이 미스 에밀리보다 더 그리어슨 집안 사람들다웠기 때문이다.

그래서 도로포장 공사가 얼마 전에 끝나고 호머 배런이 읍내를 떠났을 때도 우리는 그다지 놀라지 않았다. 다만 그들 사이에 공개적인 감정 폭발 같은 것이 없어서 조금 실망했을 뿐이었다. 그러나 우리는 호머가 에밀리를 맞이할 준비를 하기 위해서, 아니면 그녀에게 사촌 자매들을 쫓아낼 기회를 주기 위해서 잠시 떠났다고 믿었다. (그때까지만 해도 그 일은 일종의 음모 같은 것이었고, 우리는 모두 그녀 편에 서서 마음속으로 은근히 사촌 자매들을 물리치는 일에 찬성하고 있었다.) 아니나 다를까, 일주일 뒤 사촌들은 에밀리의 집을 떠났다. 그리고 우리가 처음부터 예상했던 대로 그로부터 사흘 뒤 호머 배런이 읍내로 돌아왔다. 어느 날 황혼 무렵, 흑인 하인이 부엌문으로 그를 맞아들이는 것을 한 이웃 사람이 목격했다.

그리고 우리가 호머 배런을 본 것은 그때가 마지막이었다. 미스 에밀리의 모습도 그 후 얼마 동안 보이지 않았다. 흑인 하인만이 시장바구니를 들고 드나들었지만 앞문은 여전히 굳게 닫혀 있었다. 석회를 뿌리던 밤처럼 이따금 잠깐씩 그녀가 창가에 앉아 있는 모습이 보였지만 거의 여섯 달 동안 그녀는 거리에 통 나타나지 않았다. 그때 우리는 역시 예상했던 대로라고 생각했다. 마치 여자로서 그녀의 인생을 그토록 여러 번 가로막았던 그녀 아버지의 영향이 너무도 독살스럽고 또 포악하여 쉽게 사라지지 않는 것 같았다고나 할까.

우리가 미스 에밀리를 다시 보았을 때 그녀는 살이 찌고 머리칼은 희끗희끗해지고 있었다. 그 뒤 몇 년 동안 그녀의 머리칼은 점점 회색으로 변하다가 마침내 다 세었을 때는 마치 후춧가루와 소금을 섞어 놓은 듯한 철회색이 되어 있었다. 일흔네 살의 나이로 세상을 떠나는 날까지 그녀의 머리칼은 한창때의 남자 머리칼처럼 여전히 정력적인 철회색이었다.

그때부터 그녀 집 앞문은 계속 굳게 닫혀 있었다. 그녀가 마흔 살 무렵이었을 때 도자기 그림 교습을 하던 6, 7년 동안만은 예외였다. 그때 그녀는 아래층 방 하나에 화실을 꾸몄고, 사토리스 대령과 같은 세대 사람들의 딸이나 손녀들은 마치 25센트짜리 동전을 헌금으로 들고 일요일에 교회로 향할 때와 똑같이, 규칙적으로 또 같은 마음으로 그녀 화실을 찾았다. 그동안에도 에밀리가 낼 세금은 면제되었다.

그러고 나서 젊은 세대가 읍의 정신적 지주로서 중추적 역할을 맡게 되자 그림을 배우는 제자들도 성장하여 하나둘 빠져나갔고, 그들의 아이들을 물감 상자와 지저분한 화필, 여성 잡지에서 오려 낸 그림을 들려서 에밀리의 화실로 보내지 않게 되었다. 에밀리 집 앞문은 마지막 제자가 나간 뒤 영원히 굳게 닫혀 버리고 말았다. 읍에서 무료 우편배달 제도가 실시되었을 때도 미스 에밀리만이 자기 집 현관문 위에 금속 번지

수를 붙이고 우편함 매달다는 일을 거부했다. 그녀는 읍 당국자의 말을 아예 들으려 하지 않았다.

날이 가고 달이 가고 해가 바뀌면서 우리는 머리칼이 점점 잿빛으로 변하고 허리도 굽어 가는 흑인 하인이 여전히 장바구니를 들고 집을 드나드는 모습을 지켜보았다. 해마다 12월이면 우리는 그녀에게 납세 고지서를 보냈지만 일주일 뒤 우체국은 '수취인 없음'이라는 이유로 반송을 받았다. 가끔 아래층 창가에 앉아 있는 그녀의 모습이 보이곤 했다. 그녀는 위층을 폐쇄하고 아래층 방만 쓰고 있음이 분명했다. 그 모습은 마치 벽감(壁龕)에 장식된 흉상과 같아서 우리를 쳐다보고 있는지 아닌지 도무지 알 수 없었다. 이렇게 그녀는 한 세대에서 다음 세대로 넘어가면서 살았다. — 다정하고, 피할 길 없고, 초연하고, 침착하고, 괴팍스러운 존재로.

그리고 그녀는 그렇게 세상을 떠났다. 먼지와 그늘로 가득 찬 집 안에서 병으로 쓰러졌는데, 그녀를 돌보는 사람이라고는 오직 나이가 들어 비틀거리는 흑인 하인 한 사람뿐이었다. 우리는 그녀가 병이 든 줄도 몰랐다. 우리는 흑인 하인으로부터 에밀리에 관한 소식을 들으려는 노력을 포기한 지 이미 오래되었다. 흑인은 아무하고도 말하지 않았고, 모르긴 몰라도 아마 에밀리에게도 그랬을 것이다. 그의 목소리는 마치 오래 사용하지 않아서 그런 것처럼 거칠고 녹이 슬어 있었다.

그녀는 오랜 세월 동안 햇빛을 받지 못해서 누렇게 곰팡이가 핀 베개에 희끗희끗한 머리를 얹은 채 아래층의 한 방, 커튼이 달린 묵직한 밤나무 침대 위에서 숨을 거두었다.

5

흑인 하인은 앞문에서 문상 온 부인들을 처음 안으로 맞
아들였다. 부인들은 쉬쉬 귓속말로 자기들끼리 수군거리면
서 호기심에 찬 날카로운 눈으로 집 안 이곳저곳을 분주히 살
폈다. 그러고 나서 그는 사라졌다. 집 안으로 곧장 걸어가더니
뒷문으로 빠져나가서 다시는 나타나지 않았다.

에밀리의 두 사촌 자매가 곧바로 찾아왔다. 그들은 둘째
날에 장례를 치렀다. 읍내 사람들은 구입한 꽃 더미 밑에 누운
미스 에밀리를 바라보았고, 그녀 아버지의 초상화는 딸이 누
운 관과 쉬쉬 소리를 내는 괴상망측한 부인들 위에서 심각한
표정을 짓고 있었다. 아주 나이가 지긋한 남자들은 ─ 그중
에는 남군 제복을 손질해서 단정히 차려입고 온 사람도 있었
다. ─ 현관과 잔디밭에서 마치 에밀리가 자신들과 같은 시대
사람인 양 그녀에 관해 이야기를 나누고 있었다. 그녀와 같이
춤도 추고, 어쩌면 그녀에게 구혼이라도 했던 것처럼. 또한 노
인들이 흔히 그러하듯 그들도 시간을 수학적 진행과 혼동하
고 있었다. 그들에게는 모든 과거가 최근 10년의 사건이라는
좁은 병목에 의해 자기들과 분리되어 있을 뿐인, 점점 좁아지
는 길이 아니라 오히려 겨울이 한 번도 찾아오지 않는 거대한
초원처럼 보이는 것 같았다.

우리는 계단 위쪽에 지난 40년 동안 아무도 들어가 본 일
이 없고 강제로 부수고 들어가야 하는 방이 하나 있다는 사실
을 알고 있었다. 그들은 미스 에밀리를 정중히 매장할 때까지
기다렸다가 문을 열었다.

강제로 문을 열어젖히는 바람에 방 안에는 먼지가 자욱이

피어오르는 듯했다. 무덤을 덮는 보와 같은, 코를 찌르는 엷은 먼지가 신혼 방처럼 꾸며 놓은 방 전체에 덮여 있었다. 색이 바랜 장미색 장식 커튼 위에도, 장미 모양의 갓등 위에도, 화장대 위에도, 우아하게 배열해 놓은 수정 그릇 위에도, 그리고 은으로 뒤를 댄 남성용 화장 도구 위에도 덮여 있었다. 은은 변색이 심해서 'H. B.'라는 머리글자도 잘 보이지 않았다. 그런 물건들 사이에는 마치 방금 풀어 놓은 듯한 칼라와 넥타이가 놓여 있었는데, 그것들을 집어 들자 먼지 덮인 표면 위에 초승달 모양이 희미하게 생겨났다. 의자 위에는 조심스럽게 개어 놓은 양복이 걸려 있고, 그 밑에는 구두 두 짝과 벗어 던진 양말이 말없이 놓여 있었다.

그 남자는 침대에 누워 있었다.

우리는 오랫동안 그 자리에 서서 살점 하나 없이 허옇게 이를 드러내고 의미심장하게 웃고 있는 해골을 내려다보았다. 시신은 한때 포옹하는 자세로 누워 있었던 것처럼 보였지만, 지금은 사랑보다 더 오래가고 사랑의 찌푸림마저도 정복하는 기나긴 잠이 그를 오쟁이 진 남편으로 만들고 있었다. 잠옷 속에서 썩다가 남은 시체는 그가 누워 있는 침대와 분간할 수 없는 상태였다. 시체 위에도, 또 곁에 있는 베개 위에도 오래된 먼지가 끈질기게 골고루 덮여 있었다.

그때 두 번째 베개의 움푹 들어간 머리 자국이 눈에 들어왔다. 우리 중 한 사람이 그곳에서 뭔가를 집어 들었다. 앞쪽으로 몸을 굽히자 눈에 보이지 않지만 메마르고 매캐한 먼지 냄새가 어렴풋하게 콧구멍에 스치며 기다란 철회색 머리카락 한 가닥이 보였다.

버베나 향기

1

저녁 식사를 막 마치고 난 뒤였다. 나는 탁자 위 램프 밑에 쿡의 민법 책[35]을 막 펼쳐 놓은 참이었다. 바로 그때 윌킨스 교수의 발걸음 소리가 복도에서 들려오더니 그가 문손잡이를 잡는 순간 조용해졌다. 그런데 그때 나는 눈치를 챘어야 했다. 사람들은 예감에 대해 그럴듯하게 말하지만 나는 전혀 아니었다. 계단 위에서 들리던 그의 발소리가 복도로 다가왔다. 그러나 그의 발소리에서는 어떤 특별한 점도 느낄 수 없었다. 그도 그럴 것이 대학에 다닌 3년 동안 나는 이 집에서 살아온 데다 교수도 그의 아내도 여기서는 나를 친근하게 '베이어드'라고 부를지언정, 내가 그 교수의 방에 ─ 또는 그 아내의 방에 ─ 노크 없이 결코 들어가지 않았던 것처럼 그

---

35 영국 법률학자 에드워드 쿡(1552~1634)의 『민법 원리』(전 4권). 그중 첫 번째 책 『리틀턴에 관한 쿡의 입장』은 19세기 법학도들의 필독서였다.

도 내 방에 노크를 하지 않고 들어온 적은 단 한 차례도 없었기 때문이다. 그리고 나서 교수는 문짝이 도어스톱에 탁 부딪히도록 안쪽으로 문을 힘껏 밀쳐 열었다. 고통스럽다 할 만큼 지칠 줄 모르는 젊음의 영역에서 궁극적으로 벗어나는 듯한 그런 몸짓 중 하나였다. 그리고 그 자리에 그대로 서서 교수는 이렇게 말했다. "베이어드. 베이어드. 내 아들, 내 사랑하는 아들."

나는 눈치를 챘어야 했다. 준비를 하고 있었어야 했다. 아니, 어쩌면 나는 이미 준비를 하고 있었는지도 모른다. 읽던 곳에 표시까지 해 놓고 조심스럽게 책을 덮은 뒤 자리에서 일어선 일이 기억나니 말이다. 그(윌킨스 교수)는 부산하게 무엇인가를 손에 집으려고 했다. 그것은 내 모자와 외투였고, 그는 그 물건들을 내게 건네주었고, 당장은 필요 없었지만 나는 외투를 받아 들었다. 그때 나는 (10월이었지만, 추분 전이었는데) 다시 이 방을 보게 되기 전에 우기와 추운 날씨가 닥쳐오고, 만약 내가 다시 이 집에 돌아오게 된다면 오는 길에 외투가 필요할지 모른다는 생각이 들었기 때문이다. 또한 나는 이렇게 생각하고 있었다. '아, 빌어먹을! 만약 그분이 지난밤에 이렇게 해 줬더라면, 지난밤에 노크를 하지 않고 도어스톱에 부딪히게 문을 활짝 열어젖혔더라면, 아마 나는 그 살인 사건이 일어나기 전에 현장에 도착할 수 있었을 것이고, 사건이 일어나는 순간 현장에 있었을 수도 있을 것이며, 또 아버지가 쓰러져서 티끌과 진흙 속에 누워 있는 곳이 어디든 그의 곁에 있을 수도 있었을 텐데.'

"자네 하인이 아래층 부엌에 와 있네." 교수가 말했다. 몇 해 뒤에야 그 사람이(누군가 말이다. 분명 윌킨스 판사였을 것이다.), 어떻게 링고[36]가 다짜고짜 요리사를 옆으로 밀치고 집 안으로 들어와서 윌킨스 교수 부부가 앉아 있는 서재로 와 어느새 돌아가려고 몸을 돌리며 단도직입적으로 이렇게 말했는지 들려주었다. "사토리스 대령께서 오늘 아침 피살되셨습니다. 제가 부엌에서 기다리고 있겠다고 도련님께 전해 주십시오." 링고는 이렇게 말하고 교수 부부 둘 중 누가 몸을 움직이기도 전에 밖으로 뛰쳐나가 버렸다는 것이다. "저 아이는 65킬로미터쯤 되는 거리를 말을 타고 달려와서는 아무것도 먹으려 하지 않네." 지금 우리는 문 쪽을 향해 몸을 움직이고 있었다. 그 문의 안쪽 방에서 지난 3년 동안 살아오면서 나는 알고 있었다. 무엇을 믿고 기대해야 했는지 알고 있었다. 그러나 문 저편에서 다가오는 발소리를 듣고서도 나는 그 소리에서 아무것도 예감하지 못했던 것이다. "내가 뭐든 도울 일이 있다면 좋으련만."

"네, 교수님." 내가 말했다. "제 하인에게 쌩쌩 달리는 말 한 마리를 준비해 주십시오. 저하고 같이 돌아가고 싶어 할 테니까요."

"암, 그렇게 해 주고말고. 내 말을 ── 아니, 내 아내 말을 타고 가게나." 교수가 큰 소리로 말했다. 말투는 평소와 다르지 않았지만 목소리가 유난히 컸다. 동시에 우리 두 사람은 그가 제안한 말〔馬〕이 우스꽝스럽다고 느꼈던 것 같다. 그 말은 다리가 짧고 허리통이 깊숙이 들어간 암말로 꼭 독신 음악 교사처럼 생겼는데 윌킨스 부인이 사륜마차에 달아 몰던 것이

---

36 사토리스 집안의 흑인 하인으로, 주인공 베이어드 사토리스와 같은 해에 태어나서 형제처럼 함께 자랐다.

었다. ── 그런데 그것은 마치 찬물 한 통을 끼얹은 듯 내게는 상쾌했다.

"고맙습니다, 교수님." 내가 말했다. "하지만 필요 없을 것 같습니다. 제가 암말을 타고, 그 아이에게는 전세 마차 집에 가서 생기 있는 말 한 마리를 빌려다 주면 될 테니까요." 그 말을 미처 마치기도 전에 그런 말을 할 필요조차 없었음을 깨달았기 때문에 나는 기분이 좋았다. 링고는 대학[37]으로 달려오기 전에 이미 전세 마차 집에 들러 이 문제를 해결해 놓았을 것이며, 쌩쌩한 말과 내 암말 모두에 안장을 갖춰 놓고 옆쪽 울타리에서 지금 기다리고 있을 테니 우리는 굳이 옥스퍼드[38]를 지나갈 필요가 없을 것이다. 만약 루시가 나를 부르러 왔더라면 아마 그런 생각을 미처 하지 못했으리라. 그는 곧바로 대학으로 달려와 윌킨슨 교수 집을 찾아왔을 것이며, 소식을 전하고는 그대로 앉아서 그다음 일은 내게 맡겨 버렸을 터다. 그러나 링고는 그러지 않았다.

윌킨스 교수는 방에서부터 줄곧 나를 따라왔다. 그 뒤로도 링고와 내가 후덥지근한 먼지투성이 어둠을 뚫고, 마치 오랜 분만으로 산통을 겪는 임신부처럼 더디게 찾아오는 추분을 안타까워하며 급히 말을 달릴 때까지 그는 바로 옆이든 바로 뒤든 내 곁에 붙어 있었다. 나는 그가 어디에서 내 곁에 붙어 있었는지 정확히 알려 하지 않았고, 또 관심도 없었다. 교

---

37 베이어드 사토리스는 지금 미시시피 대학교에서 법학을 공부하고 있다.

38 이 작품을 비롯한 다른 작품에서도 포크너는 미시시피 대학교가 위치한 장소를 '옥스퍼드'로 설정하는 한편, 실제 옥스퍼드 읍은 '제퍼슨'으로 명명한다. 옥스퍼드와 제퍼슨은 실제로 1.3킬로미터밖에 떨어져 있지 않지만 작품에서는 65킬로미터쯤 떨어진 것으로 나온다. 현재 미시시피 대학교 소재지는 '유니버시티'다.

수는 또한 내게 자기 권총을 빌려줄 적당한 말을 찾아내려 애쓰고 있었다. 내 귓가에 그가 이렇게 말하는 소리가 들리는 듯했다. "아, 불행한 이 땅이여, 그 열병[39]에서 벗어난 지 십 년도 채 지나지 않았건만 아직도 사람들은 서로 죽여야만 한다니. 아직도 우리는 카인의 대가[40]를 그대로 치러야 한단 말인가." 그러나 물론 그는 이런 말을 하지 않았다. 우리가 계단을 내려가 윌킨스 부인이 복도 샹들리에 아래에서 기다리고 있는 곳으로 걸어가는 동안 교수는 내 뒤에서인지 옆에서 그저 나를 따라오고만 있었다. ― 몸이 여윈 부인은 머리칼이 희끗희끗하여 우리 할머니를 생각나게 했는데, 우리 할머니를 닮아서가 아니라 우리 할머니를 잘 알고 있었기 때문이다. 걱정스러운 표정으로 가만히 쳐든 그녀 얼굴은 마치 할머니가 그러듯 '칼로 사는 자는 칼로 말미암아 죽으리라.'[41]라고 생각하고 있는 듯했다. 그때 나는 그녀 얼굴을 향해 걸어가고 있었고, 그렇게 걸어가지 않을 수 없었다. 그것은 내가 할머니의 손자였기 때문도 아니요, 윌킨스 부인 집에서 대학 시절 3년을 살아왔기 때문도 아니요, 그녀 아들이 9년 전 거의 마지막이었던 전투에서 전사했을 때 그의 나이가 내 나이와 비슷했기 때문이 아니라, 이제는 내가 사토리스 집안의 후계자였기 때문이다. (사토리스 집안, 그것은 윌킨스 교수가 내 방문을 열었을 때 '기어

---

39   흑인 노예 제도 문제로 미국의 북부와 남부 사이에서 일어난 남북 전쟁(1861~1865)을 말한다.

40   구약 성서 「창세기」 4장에서 카인이 동생 아벨을 살해한 사건. 작가는 남북 전쟁 이후 재개편 시대 남부인들 사이의 갈등을 카인의 아벨 살해에 빗댄다.

41   "이에 예수께서 이르시되 네 칼을 도로 칼집에 꽂으라. 칼을 가지는 자는 다 칼로 망하느니라."(「마태복음」 26장 52절)

코 일이 일어나고야 말았구나.' 하는 예감과 더불어 동시에 떠오른 섬광 같은 생각 중 하나였다.) 윌킨스 부인은 내게 말도 권총도 주지 않았다. 그것은 그녀가 윌킨스 교수보다 나를 조금이라도 덜 좋아했기 때문이 아니라, 여자로서 어떤 남자보다도 현명했기 때문이다. 그렇지 않았다면 남자들은 전쟁에서 이미 패배했음을 알고 나서도 2년 동안이나 더 전쟁을 계속하지는 않았으리라. 교수 부인은 (우리 할머니보다 체구가 작은 여자였는데) 내 어깨 위에 두 손을 올려놓고 말했다. "드루실라[42]와 제니 아주머니[43]께 안부 전해 줘. 그리고 돌아올 수 있을 때 돌아와."

"하지만 언제 돌아올지는 잘 모르겠습니다." 내가 대답했다. "제가 챙겨야 할 일이 얼마나 많은지 몰라서요." 그랬다. 나는 심지어 윌킨스 부인에게까지 거짓말을 했다. 윌킨스 교수가 도어스톱에 부딪히게 문을 확 열어젖힌 지 아직 1분밖에 지나지 않았는데도 어떤 척도로도 측정할 수 없는 어떤 사실이 내게 있음을 깨닫기 시작했고, 또 알아차리기 시작했다. 다만 한 가지, 나 자신에도 불구하고, 내가 자라 온 과정과 배경에도 불구하고 (아니, 어쩌면 오히려 그런 것들 때문에) 내가 그렇게 되어 가고 있음을 나는 얼마 전에 알아차렸으며, 그것을 시험해 보기를 두려워하고 있었다. 부인이 내 어깨 위에 두 손을 올려놓고 있는 동안 내가 무슨 생각을 했는지 지금도 기억한다. '과연 나는 내가 생각하는 나 자신인가, 아니면 다만 그렇게 되기를 바라는 나 자신인가. 지금껏 옳은 일이라고 스

---

42 드루실라 혹스.
43 '버지니아 뒤프레'로 흔히 '미스 제니'라고도 부른다. 존 사토리스 대령의 여동생으로 주인공 베이어드 사토리스에게는 고모가 된다.

스로 익힌 것을 행동으로 옮길 것인가, 아니면 다만 그러기를 바라기만 할 것인가, 적어도 이번이 그걸 알아내는 기회가 되겠지.'

우리는 부엌으로 들어갔다. 윌킨스 교수는 아직도 옆인지 뒤에 붙어서 이런저런 말들로 내게 권총과 말(馬)을 권하고 있었다. 링고는 나를 기다리고 있었다. 나는 우리 두 사람 중 누구에게 무슨 일이 일어나더라도 결코 그에게 사토리스 집안의 주인 행세를 하지 않겠다고 다짐했던 게 지금도 기억난다. 그 역시 스물네 살이었다. 그러나 어떤 면에서 그는 우리가 낡은 목화 압축장 문짝에 그럼비[44]의 시체를 못으로 박아 놓았던 날 이후로 나보다 달라지지 않았다. 어쩌면 그가 나보다 일찍 성숙했기 때문인지도 모른다. 그는 우리 할머니와 함께 북부 양키들과 노새를 거래하던 그해 여름에 너무 많이 변해 버려서 그 이후로는 오히려 내가 그를 따라잡기 위해 달라져야 했기 때문인지도 모른다. 65킬로미터쯤 말을 타고 달려온 그는(제퍼슨이나 도로 어딘가에서 홀로 있게 되었을 때 그는 한번 울음을 터트렸고, 얼굴에는 눈물 자국이 먼지로 덩어리져 말라붙어 있었다.) 불이 식어 차디찬 난로 옆 의자에 피곤한 모습으로 조용히 앉아 있었고, 아직 65킬로미터쯤 더 달려야 하는데도 아무것도 먹으려 하지 않으며 피로 탓에 조금 충혈된 눈으로(어쩌면 피로 이상의 다른 일 때문이었는지도 모르고, 그래서 나는 결코 그를 따라잡을 수 없을 것이다.) 나를 올려다보고 있었다. 그때 링

---

44 「정복되지 않는 사람들」에 수록된 작품 「방데」에서 그럼비는 남부인들을 괴롭히는 비정규군 지도자로 등장한다. 베이어드, 링고, 엉클 벅은 그를 잔인하게 살해한다.

고는 한마디 말도 없이 자리에서 일어나 문을 향해 걸었고, 나는 그의 뒤를 따라갔으며, 윌킨스 교수는 무언(無言)의 말로 여전히 내게 말과 권총을 권하고 있었으며, 여전히 '칼로 말미암아 죽느니라. 칼로 말미암아 죽느니라.'라고 생각하고 있었다.(나도 그것을 느낄 수 있었다.)

내가 예측한 대로 링고는 옆문 쪽에 안장을 얹은 말 두 마리를 대기시켜 놓고 있었다. 자기가 타고 갈 생기 있는 말, 그리고 우리 아버지가 3년 전 내게 주신 암말이었다. 그 암말은 어느 날이고 2분 안에 1.5킬로미터 넘게 달릴 수 있었고, 하루 종일 달려도 같은 거리를 8분 안에 달릴 수 있었다. 윌킨스 교수가 나와 악수하고 싶어 한다는 것을 알아차렸을 때 링고는 벌써 말에 올라타 있었다. 우리 두 사람은 서로 악수했다. 교수가 내일 밤이면 어쩌면 살아 있지 않을지도 모르는 신체를 자신이 만지고 있다고 믿고 있음을 나는 잘 알았다. 그 순간 내가 하려는 행동에 대해 그에게 얘기해 주면 어떨까, 하는 생각이 들었다. 우리는 이미 그것에 관해서, 만약 성경에 무언가가 있다면, 만약 하느님이 다른 모든 피조물보다 먼저 선택하신 맹목적이고 어리둥절해하는 피조물을 위해 마련하신 희망과 평화 같은 무언가가 있다면, 그것은 바로 '너희는 살인하지 말지니라.'[45]라고 하신 그 계명이리라고 얘기한 적이 있기 때문이다. 어쩌면 그는 그것을 내게 가르쳐 줬다고 믿고 있었는지도 모른다. 그러나 그것은 그는 물론이고 어느 누구도, 심지어 나 자신도 가르쳐 줄 수 없었다. 그것은 가르쳐서 배울 수 있는 것 이상의 무언가였기 때문이다. 그러나 나는 그에게 그

---

45 십계명 중 여섯 번째 계명. 「출애굽기」 20장 13절, 「신명기」 5장 17절.

말을 하지 않았다. 그는 그렇게 강요당하기에는, 그런 결정을 원칙으로서 묵과하기에는 너무나 나이가 많았다. 혈통이라든지 성장 과정이라든지 배경에도 불구하고 원칙에 집착하기에는 너무 나이가 많았던 것이다. 또한 예고도 없이 상대편을 만나 마치 어둠 속에서 갑자기 나타난 노상강도에게 겁박당하듯 의견을 실토하도록 강요당하기에도 너무 나이가 많았다. 즉 그런 일은 오직 젊은 사람들이나 할 수 있을 뿐이다. 비겁에 대한 (구실이 아니라) 정당한 이유로 자기 젊음을 자신에게 무상으로 제공해 줄 수 있을 만큼 아직 충분히 젊은 사람이나 할 수 있는 일이었다.

그래서 나는 아무 말도 하지 않았다. 다만 그와 악수만 나누고 나도 말에 올라탔다. 그리고 링고와 나는 말을 몰았다. 이제 우리는 옥스퍼드를 통과할 필요가 없었고, 그래서 얼마 달리지 않아(하늘에는 초승달이 마치 축축한 모래에 박힌 장화 뒤축 자국처럼 떠 있었다.) 제퍼슨으로 향하는 도로에 다다랐다. 나는 3년 전 아버지와 함께 이 도로를 처음 지났으며, 그 뒤로 크리스마스에 두 번, 다음에는 6월과 9월에, 그리고 또다시 크리스마스에 두 번, 6월과 9월의 방학 때문에 지났다. 그때 이 암말을 타고 그게 평화인 줄도 모르고 혼자 지났다. 그런데 이번에는 죽지는 않겠지만(나는 그것을 잘 알고 있었다.) 아마도 이후로는 영원히 떳떳이 고개를 쳐들고 지나가지 못할 이 길을, 어쩌면 마지막으로 지날지도 모르는 이 길을 지금 통과하고 있는 것이다. 말들은 65킬로미터 정도의 길을 달리는 데 필요한 속도를 잡았다. 내가 탄 암말은 앞으로 쭉 뻗어 나가는 긴 도로를 잘 알았다. 링고도 괜찮은 말을 타고 있었는데, 전세 마차 집에서 힐리어드에게 말을 잘해 괜찮은 녀석을 얻어 낸 것이다. 말을 잘해서라기보다는 눈물, 눈물 자국에 말라붙은 먼지 덕분이었을지도 모른다. 조금 전 그는 피로로 충혈된 두 눈으로 나를 쳐다보지 않았던가. 그러나 오히려 그의 그런 능력은, 그 무렵 그와 할머니가 사용하던 미 육군 군용 서간 용지를 입수할 수 있는 종류의 능력이었다. 즉 백인들과 매우 오랫동안 아주 가까이 어울려 왔기 때문에 얻은 놀라운 자신감 말이다. 그가 어울린 백인이란 그가 '할머니'라고 부르던 사람, 그리고 우리가 세상에 태어난 뒤부터 아버지가 집을 다시 지을 때까지 같이 잠을 잔 사람을 말한다. 우리는 오직 한 번 얘기를 나눴을 뿐 더 이상 아무 말도 하지 않았다.

"우린 매복해서 그자를 기습할 수 있을 거야." 그가 말했다. "우리가 그날 그럼비를 해치운 것처럼. 하지만 그러면 백인 신분에 네 체면이 서지 않을 테지."

"그래, 체면이 안 서겠지." 내가 대답했다. 우리는 말을 타고 앞으로 계속 나아가고 있었다. 10월이어서 버베나[46]가 피기까지는 아직 시간이 많이 남아 있었다. 비록 버베나가 필요하다고 깨닫기 전에 나는 먼저 집에 도착해야 하겠지만 말이다. 정원에서 버베나를 보려면 한참을 더 기다려야 했다. 그 정원에서는 제니 고모가 아버지의 낡은 기사용 긴 장갑을 끼고 흑인 하인 조비 영감과 나란히, 이상야릇하고 향기로운 옛 이름의 식물들을 질서 있게 잘 가꿔 놓은 꽃밭 사이를 어슬렁거리고 있을 것이다. 10월이었지만 비는 아직 한 방울도 내리

---

46 마편초과에 속하는 한해살이풀 또는 여러해살이풀로 학명은 "Verbena hybrida"다. 열대와 아열대 아메리카에 200여 종이 분포한다. 꺼져 가는 사랑에 다시 불을 붙이는 마법의 힘이 있다고 믿는 프랑스 프로방스에서는 버베나를 '마법의 허브' 또는 '사랑을 부르는 향기'라고 부른다.

지 않아서 밤 동안 처음 절반은 따뜻하다가 나머지 절반은 냉랭한 '인디언 서머'[47]를 불러올 (아니면 그냥 잊고 갈) 서리가 아직 내리지 않았기 때문이다. ─ 아직은 시원하고 하늘은 기러기들이 날지 않아서 텅 비어 있지만, 여전히 아메리카머루와 사사프라스의 노염(老炎)에 찌든 매큼한 냄새로 나른하고 졸린 듯한 밤공기 ─ 그런 밤에 내가 성인이 되어 법학 공부를 하러 대학에 가기 전, 링고와 나는 등불과 도끼와 마대와 개 여섯 마리를(한 마리는 사냥감의 발자취를 쫓도록 하고, 나머지 다섯 마리는 짐승 냄새를 맡고 그저 짖어 대게만 하려고) 끌고 목초지로 주머니쥐를 사냥하러 가곤 했다. 그런데 그날 오후 우리는 그 목초지에 숨어서 빛나는 말을 타고 있던 북부 양키를 처음으로 목격했고, 거기서 작년 한 해 동안의 기차의 기적 소리를 들을 수 있었다. 그런데 레드먼드 씨는 이미 오래전에 그 기차의 소유권을 잃었고, 아버지 또한 그날 아침 어느 순간에 그것을 파이프와 함께 양도했던 것이다. 링고에 따르면, 그의 아버지는 총을 맞고 쓰러진 바람에 피우던 파이프 담배를 손에서 스르르 떨구었다고 했다. 우리는 집을 향해 계속 앞으로 달려갔다. 집에는 지금 아버지가 군복을 입은 채(또한 군도를 찬 채) 응접실에 누워 있을 것이며, 드루실라는 휘황찬란한 샹들리에 불빛 아래 노란색 무도회복을 입고 머리에는 버베나 꽃가지를 꽂고 총알을 장전한 권총 두 자루를 가지고서 나를 기다리고 있을 것이다.(예감이라는 것을 잘 모르는 나도 그쯤은 알 수 있었다. 장례식을 치르기 위해 정중하게 준비해 놓은 방에 있을 그 여자

---

47 '인디언 서머'는 북아메리카 대륙에서 발생하는 기상 현상으로 늦가을에서 겨울로 넘어가기 직전 일주일 정도 따뜻한 날이 계속되는 현상을 말한다. 가끔 서리가 내린 뒤에도 이런 현상이 생긴다.

의 모습이 눈에 선했다. 보통 여자처럼 키가 크지도 않고 몸매가 늘씬하지도 않지만, 젊은이나 소년처럼 노란색 옷을 입은 몸을 조금도 움직이지 않고, 얼굴에는 차분하고 어리벙벙하다 싶은 표정을 짓고 검소하고 소박한 머리단장을 하고 있을 것이며, 양쪽 귀에는 버베나 가지를 하나씩 균형 있게 꽂고, 양쪽 팔꿈치를 굽혀 어깨 높이까지 올린 채 두 손에는 동일한 결투용 권총 두 자루를 꽉 쥐지 않고 그저 가볍게 올려놓고 있을 것이다. 한마디로 그리스 항아리에서 볼 수 있는, 간결하고도 격식 차린, 폭력적이지 않은 여사제 모습을 하고 있을 것이다.)

2

드루실라는 아버지가 꿈을 간직하고 있었다고 말했다. 그때 내 나이 스무 살로 그녀와 나는 여름 석양 아래 정원을 산책하며 말을 타고 철도에서 집에 돌아올 아버지를 기다리고 있었다. 그때 내 나이 정확히 스무 살이었다. 아버지가 내게 법학 학위를 꼭 받아야 한다고 해서 내가 법학 학위를 얻기 위해 미시시피 대학교에 입학하기 전 여름이었다. 그리고 아버지와 드루실라가, 미국 보안관이 되려던 캐시 벤보를 저지한 뒤 아직 결혼식을 올리지도 않고 함께 집으로 돌아오자, 해버셤 부인은 자기 마차에 두 사람을 태워 읍내로 몰고 갔다. 그러고는 새로 문을 연 은행의 침침한 골방에서 자기 남편에게 아버지가 뜨내기 정치인 두 사람을 살해한 데 대한 화해 문서를 작성하도록 하고, 아버지와 드루실라를 손수 목사에게 데려가서 결혼을 시킨 지 4년이 된 어느 저녁이었다. 그리고 아버지는 집도 다시 지었다. 이를테면 새로운 집을 새까

맣게 탄 자리에, 같은 지하실 위에, 집이 불타 버린 그 자리에 지었는데 다른 점이 있다면 먼저 집보다 훨씬 컸다는 것이었다. 드루실라는 신부 혼숫감과 면사포가 신부에게는 꿈의 실현인 것과 꼭 마찬가지로, 그 집이 아버지에게는 꿈의 실현이라고 말했다. 그리고 제니 고모가 우리한테 와서 함께 살고 있었고, 우리는 정원을 만들어 그녀가 머리에 꽂을 버베나 가지를 꺾게 되었다. (드루실라는 아버지처럼 꽃에 관심이 없었고, 4년이 지난 지금도 남장을 하고 아버지 휘하의 어떤 병사보다도 머리를 짧게 깎고 조지아주와 두 캐롤라이나주[48]를 횡단해서 셔먼[49] 군대 전선을 상대로 싸우던 전쟁의 마지막 해처럼 아직도 그런 모습을 하고 숨을 쉬며 살아가고 있었다.) 그 여자가 머리에 버베나를 꽂는 까닭은 오직 그 냄새만이 군마와 용감한 전투의 피비린내를 압도할 수 있으며, 오직 그 꽃만이 머리에 꽂을 만한 가치가 있다고 생각하기 때문이다. 철도는 아직 시작도 되지 않았던 때라 아버지와 레드먼드 씨는 동업자였을 뿐만 아니라 사이좋은 친구였다. 이를 두고 조지 와이엇은 아버지에게 전례 없는 일이라고 했다. 아버지는 금요일 동이 트자마자 주피터라는 말을 타고, 토요일에 임금으로 지불할 금화를 빌려 넣은 안장주머니를 매달고 아직 완성되지 않은 철로를 이리저리 돌아다니곤 했다. 제니 고모 말로는, 아버지는 침목 두 개만큼 보안관에게 앞서 있었다고 했다. 그래서 우리 두 사람은 어둠 속에서

---

48 노스캐롤라이나주와 사우스캐롤라이나주를 말한다. 처음에는 한 주였지만 1729년에 두 주로 나뉘었다.

49 윌리엄 테쿰세 셔먼(1820~1891). 미국 남북 전쟁 때 북군의 장군으로 전쟁 중 남부의 물자와 시설에 최대한 타격을 가하는 전술을 응용한. 현대전의 창시자로 일컬어진다.

제니 고모의 꽃밭 사이를 천천히 걷고 있었는데, 드루실라는 (이제는 드레스를 입고 있었지만 아버지가 허락하면 언제든지 낡은 바지를 입을 터였다.) 내 팔에 가볍게 기댔으며, 나는 그녀 머리에서 풍기는 버베나 냄새를 맡고 있었다. 4년 전 아버지와 드루실라와 벅 매캐슬린 아저씨가 그럼비의 시체를 발견하고 집으로 돌아와 링고와 내가 잠 이상의 상태에 놓여 있음을 발견한 그날 밤, 그녀 머리와 아버지 수염에서 비[雨] 냄새를 맡았던 것처럼. 그때 링고와 나는 신인지 자연인지 또는 그 무엇인지, 얼마 동안 어린애들에게 요구하는 그 이상의 일을 수행해야 했던 우리에게 마련된 망각의 심연으로 도피해 있던 상태였다. 나이 제한이 있어서 적어도 일정한 연령에 이르지 않으면 살상을 해서는 안 됐기 때문이다. 그 사건은 아버지가 집에 돌아와 데린저 권총을 손질하고 다시 총알을 장전하는 모습을 지켜본 토요일 밤 직후에 일어났다. 우리는 살해당한 사람이 아버지의 이웃과 다름없으며 제1 보병 연대가 선거로 아버지의 지휘권을 박탈했을 때 그 연대 소속이었던 산사람이었음을 알 수 있었다. 아버지가 총을 너무 빨리 쐈기 때문에 그가 정말 아버지에게 강도질을 했는지 여부는 알 수 없었다. 다만 산속에 있는 흙바닥 오두막에는 그의 아내와 아이들이 살고 있었는데, 이튿날 아버지는 그들에게 돈을 조금 보냈다. 그런데 그 여자는(그의 아내 말이다.) 이틀 뒤 우리가 식탁에 앉아 식사를 하고 있을 때 집으로 걸어 들어와서 아버지의 얼굴에 그 돈을 집어 던졌다.

"하지만 서트펜[50] 대령보다 더 큰 꿈을 품은 사람은 없어

---

50 『압살롬, 압살롬!』(1936)의 주인공 토머스 서트펜.

요.” 내가 말했다. 그 사람은 제1 보병 연대에서 아버지의 부관이었고, 두 번째 매너서스 전투[51] 이후 연대가 아버지를 강등시킨 뒤 대령으로 승진한 사람이었다. 그리고 아버지가 결코 용서할 수 없었던 것은, 연대가 아니라 바로 서트펜이었다. 비천한 신분으로 자라난 그는 냉정하고 잔인한 사내로 전쟁이 일어나기 30여 년 전 어디인지도 모르는 곳에서 이 지방으로 굴러 들어왔다. 다만 아버지 말로는, 그 사람의 얼굴을 쳐다보면 자신이 어디서 왔는지 감히 밝히지 않으리라는 걸 알게 되리라고 했다. 그 사람은 약간의 토지를 소유하고 있었고, 그것 역시 그가 어떻게 손에 넣었는지 아는 사람은 아무도 없었다. 그리고 그는 어디선가 돈을 벌었다. 아버지 말로는, 모두 그 사내가 사기도박이나 강도 짓으로 증기선 승객들을 약탈했으리라고 믿었다는 것이었다. 그리고 서트펜은 큰 저택을 짓고 결혼하여 신사로 정착했다. 그런 뒤 다른 모든 사람들과 마찬가지로 그도 전쟁 중에 모든 것을 잃고 말았고, 자손에 관한 모든 희망마저 잃어버렸다.(그의 아들은 누이의 약혼자를 결혼 전날 밤 살해한 뒤 어디론가 사라져 버렸다.) 그러나 그 사람은 집으로 돌아와서 혼자 힘으로 대농장을 재건하기 시작했다. 그는 돈을 빌릴 만한 친구들도 없었고, 그 대농장을 맡길 만한 사람도 없었으며, 예순이 넘은 나이였다. 그러나 그는 전과 같은 상태로 대농장을 재건하기 시작했다. 사람들 말로는, 그 사람은 이 일에 너무 바빠서 정치니 뭐니 하는 데에 정신을 쏟을 수 없었다는 것이다. 아버지와 그 동지들이 야경단을 조

---

51 남북 전쟁 중 있었던 전투로 ‘불런 전투’라고도 한다. 1861년 7월과 1862년 8월에 같은 장소에서 두 번 벌어졌는데 모두 남군이 승리했다.

직하여 뜨내기 정치인들이 흑인들을 선동하여 반란을 일으키지 못하게 하려고 했을 때, 그 사람은 그 일에 상관하지 않으려 했다. 아버지는 서트펜을 더 이상 미워하지 않았고 말을 타고 직접 그를 찾아갔다. 그 사람(서트펜)은 램프를 들고 문간에 나왔지만 방문객을 집 안으로 맞아들여 그 문제를 토의해 보려고 하지는 않았다. 아버지는 "자네는 우리 편인가, 아니면 반대편인가?" 하고 물었다. 그러자 그는 "나는 내 땅의 편이오. 모두 각자 자신의 땅을 부흥시킨다면 이 지방은 저절로 잘되어 갈 거요." 하고 대답했다. 그래서 아버지는 그에게 도전하여 밖으로 램프를 가지고 나와 나무 그루터기 위에 올려놓고 서로 상대를 볼 수 있는 곳에서 결투를 하자고 제안했지만 서트펜은 응하지 않았다. "그 누구도 그 사람보다 더 큰 꿈을 품을 순 없을 거예요."

"그래, 네 말이 맞아. 하지만 서트펜의 꿈은 한낱 서트펜 한 사람의 꿈에 지나지 않아. 하지만 존의 꿈은 다르지. 말하자면 신발 가죽끈을 붙잡고 이 지방 전체를 끌어 올릴 생각을 하고 있는 거야. 이곳에 사는 사람들 모두, 즉 자기 부류 사람들이나 자기의 옛 연대 대원들뿐만 아니라, 흑인이건 백인이건, 신발도 신지 못하고 산속에서 사는 여자들이며 아이들까지 모든 사람들을 끌어 올리려는 거지. 그걸 모르겠어?"

"그렇지만 아버지가 아무리 저들을 위해 일하고 싶어 해도 그게 그들에게 무슨 소용이 있겠어요. 만약 저들이 — 만약 아버지가 먼저 —."

"그중 몇 명을 죽인 뒤에 말이지? 그 첫 번째 선거[52]를 치

52 남북 전쟁 이후 남부 주에서 실시한 첫 번째 선거. 노예 제도가 공식적으로 폐

르기 위해 그분이 죽여야 했던 그 뜨내기 정치인 두 명도 너는 그 사람들 축에 포함시키겠지?"

"그들도 사람이죠. 인간들이라고요."

"그 사람들은 북부인들, 이 지방과는 아무 상관 없는 이 방인들이야. 그들은 약탈자들이었어." 우리 두 사람은 여전히 정원에서 걷고 있었다. 내게 기댄 그 여자의 체중이 내 팔에 잘 느껴지지 않았고, 그녀 머리는 내 한쪽 어깨에 닿아 있었다. 그 여자 키보다 내 키가 언제나 조금 더 컸다. 호크허스트[53]에서 우리가 흑인들이 도로를 지나던 소리에 귀를 기울이던 그날 밤에도 그랬다. 그 이후 그녀는 거의 달라지지 않았다. 여전히 변함없는 사내아이같이 단단한 몸매, 무자비하게 짧게 깎은 머리칼에 준엄하게 생긴 머리. 우리가 강으로 내려갈 때 미친 듯이 노래 부르던 흑인들의 무리 속에서 마차를 타고 내가 내려다본 바로 그 모습이었다. 그것은 여자들처럼 날씬한 몸매가 아니라 사내애들처럼 날씬한 몸매였다. "베이어드, 꿈이란 가까이 두기엔 그리 안전한 게 못 돼. 난 잘 알아. 나도 한때 꿈을 품고 있었으니까. 꿈이란 살짝만 만져도 작동하는 촉발 방아쇠가 달린, 장전된 권총과 같은 거야. 만약 그런 상태로 오래 놔두면 결국 누군가 해를 입게 되거든. 하지만 그게 좋은 꿈이라면 그만한 가치는 있지. 이 세상에 꿈은 많지 않지만 인간의 목숨은 굉장히 많아. 그래서 한 인간의 목숨이건, 또는 열두서너 명의 목숨이건 ──."

지되어 흑인들도 잠정권을 부여받있다.

53 미시시피주 경계에서 그다지 멀지 않은 앨라배마주에 위치한 곳의 지명이자 대농장 이름. 남북 전쟁 중 농장주 호크가 전사한 뒤 로자 밀러드의 자매 루이즈와 루이즈의 두 자녀 드루실라와 데니가 살고 있었다.

"아무런 가치도 없단 말인가요?"

"그래, 없고말고. 아무런 가치도 없어. 가만. 주피터 발소리가 들리는데. 너보다 빨리 집으로 뛰어갈 거야." 그 여자는 어느새 달리고 있었다. 입기 싫어하던 스커트를 거의 무릎까지 추켜올리고 두 다리는 마치 말을 탈 때같이 사내아이처럼 달리고 있었다.

그때 내 나이 스무 살이었다. 그러나 그 뒤 나는 스물네 살이었다. 3년 동안 대학에 다녔고, 이제 두 주일 뒤면 마지막 학년을 마치고 학위를 받기 위해 옥스퍼드로 돌아갈 참이었다. 그것은 바로 지난여름, 지난 8월로 아버지가 주의회 의원 선거에서 레드먼드에게 승리했다. 이제 철도는 완성되었고, 아버지와 레드먼드 사이의 동업 관계가 끝난 지도 벌써 오래였다. 그 두 사람 사이에 서로 반목한 일만 없었더라면 아마 그들이 동업자였다는 사실을 대부분의 사람들은 까맣게 잊었을 것이다. 또 제3의 동업자가 있었지만 이제 그의 이름을 기억하는 사람은 없다시피 했다. 그 사람과 그의 이름은 아버지와 레드먼드의 치열한 갈등 속에서 그만 사라져 버리고 말았다. 그런데 그 갈등은 철도를 건설하기도 전에 발단했던 것으로, 아버지의 폭력적이고 냉혹한 독재와 지배욕(그것은 아버지의 아이디어였다. 아버지가 먼저 철도를 건설하려고 했고, 나중에 레드먼드를 끌어들인 것이다.), 그리고 레드먼드의 기질(조지 와이엇의 말에 따르면, 그는 비겁한 사람이 아니었으며, 만약 비겁한 사람이었다면 아버지는 절대로 그와 손을 잡지 않았을 것이다.), 그리고 아버지를 견딜 수 있는 데까지 견뎌 내는 태연한 성격, 즉 참고 참고 참다가 마침내 그 무엇이(그의 의지도 용기도 아닌 그 무엇이) 그의 내면에서 폭발하는 그런 성격 사이에 생긴 갈등이었다. 남북 전쟁 중에 그는 군인으로 참전하지 않고 정부를 위해 면화 사업에 관계했다. 그 사업에서 돈도 벌 수 있었는데 그는 돈을 벌지 않았고 모두 그 사실을 알았으며 아버지도 그것을 알고 있었다. 그러나 아버지는 그 사람에게서 탄약 냄새가 나지 않았다고 그를 조롱하곤 했다. 그것은 아버지의 실수였다. 아버지가 실수임을 알아차렸을 때는 이미 그만두기에는 너무 늦은 상태였다. 그것은 마치 술주정뱅이가 이제는 술을 끊어야겠다고 다짐하고, 끊겠다고, 끊을 수 있다고 믿고 있다가 돌이킬 수 없는 지점까지 도달한 것과 같았다. 두 사람은 마침내 그 지점에 도달했다. (두 사람 다 가진 것을 모두 저당 잡히고 빌릴 수 있을 만큼 돈을 빌린 뒤, 아버지는 철로 위아래로 이리저리 말을 타고 다니며 인부들의 노임과 노선 운반비를 마지막 순간에 지불했다.) 이런 지점에 도달하자 아버지도 두 사람 중 하나가 사업에서 손을 떼야만 한다는 점을 깨달았다. 그래서 두 사람은(그때 그들은 서로 말을 하지 않았다. 그래서 벤보 판사가 그 일을 처리해 주었다.) 서로 만나 동업 지분을 사거나 파는 데 동의했다. 그 가격은 그들이 투자한 것에 비하면 터무니없이 낮았지만 각자는 상대방이 그 돈을 마련하지 못하리라 믿고 있었다. 적어도 아버지 주장에 따르면, 레드먼드는 자신이 돈을 마련하지 못하리라고 믿었다고 했다. 그래서 레드먼드는 가격을 받아들였고, 아버지가 돈을 갖고 있다는 사실을 알아냈다. 그리고 아버지 말에 따르면, 그게 사건의 발단이었다. 물론 벅 매캐슬린 아저씨 말로는, 철도는 접어 두더라도 아버지는 돼지 한 마리에 대한 설반의 권리도 소유할 수 없으리라. 최근 동업자와 불구대천의 원수건 죽음을 맹세한 친구건 사업을 무효화할 수 없었지만 말이다. 그래서 두 사람은 결별하고 아버지는 철도를 완성했다. 그때쯤 철도가 완성되어 가는 것을 보고 몇몇 북부인들이 아버지에게 기관차 한 대를 신용으로 팔았고, 아버지는 그 기관차에 제니 고모의 이름을 붙이고 그 이름을 기관실 은제 기름통에 새겨 넣었다. 그리고 지난여름 기관실을 꽃으로 장식한 기차가 처음으로 제퍼슨을 향해 달렸는데, 그때 아버지는 레드먼드 집 앞을 지나가면서 기관실에 앉아 계속 정적을 울려 댔다. 정거장에서는 여러 축하 연설이 있었고, 남부 연방 깃발이 나부꼈으며, 흰 드레스와 장식 띠를 두른 아가씨들이 참석했고, 악대가 주악을 연주했으며, 아버지는 기관차의 배장기(排障器) 위에 서서 쓸데없이 레드먼드 씨에 직접 빗대어 말했다. 바로 그것이었다. 아버지는 그 사람을 그냥 내버려 두려고 하지 않았다. 그러자 곧바로 조지 와이엇이 내게 다가와서 말했다. "옳건 그르건 차치하고 말일세." 그가 말했다. "우리 젊은이들, 그리고 이 지역 사람들 대부분은 말이야, 존이 옳다는 걸 알고 있어. 하지만 그분은 레드먼드를 내버려 둬야 해. 난 뭐가 문제인지 잘 알거든. 그분은 너무 많은 사람을 죽여야 했지 뭐야. 그리고 그런 일은 누구에게든 좋지 않아. 우린 모두 대령님이 사자처럼 용맹하다는 걸 잘 알고 있어. 하지만 레드먼드도 비겁한 겁쟁이가 아니거든. 그리고 용감한 사람이 한 번쯤 실수를 했기로서니 늘 굴욕을 당하게 할 필요는 없잖아. 자네가 아버지한테 말 좀 해 줄 수 없겠나?"

"글쎄, 전 잘 모르겠습니다." 내가 대답했다. "하지만 한번 시도해 보겠습니다." 그러나 내게는 그럴 기회가 없었다. 다시 말해서, 내가 말하려고 마음만 먹으면 할 수도 있었고 아버지도 들어 주려고 하셨을 테지만, 아버지는 연설을 마치자마자 배장기에서 내려와 곧장 주의회 선거 유세장으로 가셨기 때문에 내 말을 들어 줄 수가 없었다. 아버지는 아마 레드먼드가 자기 체면을 유지하기 위해 아버지에게 맞서지 않을 수 없으리라고 판단했을 것이다. 비록 그(레드먼드)는 아버지가 벌써 제퍼슨 읍으로 철도를 개통시켰으니 자기가 맞서 경쟁해 봤자 승산이 없다는 사실을 잘 알았을 테지만 말이다. 그것이 아니라면, 레드먼드가 먼저 주의회 의원 출마를 선언했고, 바로 그 때문에 아버지가 출마했는지, 지금은 잘 기억나지 않는다. 어쨌든 두 사람은 출마하여 치열한 경쟁을 벌였는데 아버지는 계속 레드먼드를 괴롭혔다. 두 사람 모두 아버지가 압승을 거두리라는 것을 잘 알고 있었기 때문에, 아버지가 굳이 그를 괴롭힐 이유나 필요는 없었다. 실제로 결과도 그러했고, 우리는 아버지가 만족하리라고 생각했다. 마치 주정뱅이가 기분 좋게 취했다고 믿듯이 아마 아버지도 스스로 그렇게 믿었는지 모른다. 그날 오후 드루실라와 나는 석양빛을 받으며 함께 정원을 걸었고, 나는 조지 와이엇이 내게 해 준 어떤 이야기를 했다. 그랬더니 그 여자는 내 팔을 풀고 나를 마주 보도록 돌려세우고 이렇게 말했다. "이게 네 입에서 나온 말이니? 너한테서? 그럼비의 일을 잊은 거야?"

"아뇨!" 내가 대답했다. "난 절대로 그자를 잊지 않을 거예요."

"넌 절대로 잊어선 안 돼. 내가 잊지 않도록 해 줄 테니까. 이 세상엔 사람들을 죽이는 것보다 더 나쁜 일도 있어. 이 세상엔 죽임을 당하는 것보다 더 나쁜 일도 있다고. 한 남자에게 일어날 수 있는 제일 멋진 일이란 무엇인가를 ── 어쩌면 여자라면 더 좋겠지. ── 잘, 열심히, 아주 열심히, 열렬히 사랑하고는 젊어서 죽는 일이라고 생각할 때가 가끔 있어. 그런 남자는 자신이 믿을 수밖에 없는 것을 믿었기 때문이며, 그래서 자기는 그렇게밖에는 달리 될 수 없는(될 수 없다고? 아니, 그렇게 되기를 바라지 않겠지.) 존재가 됐기 때문이지." 그 여자는 이제껏 한 번도 본 적 없는 그런 눈으로 나를 쳐다보고 있었다. 나는 그 눈초리가 무엇을 뜻하는지 알지 못했으며 오늘 밤까지도 마찬가지였다. 우리 중 어느 쪽도 그때로부터 두 달 뒤 아버지가 돌아가실 줄 몰랐기 때문이다. 다만 내가 알았던 것은, 그 여자가 전에 없이 그런 눈으로 나를 쳐다보고 있었다는 사실, 그리고 그녀 머리에 꽂힌 버베나의 향기가 백배나 증가하고 백배나 강력해졌으며, 황혼 속에서 사방으로 퍼져 있었다는 사실이다. 그 황혼 속에서 전에 내가 한 번도 꿈꾸지 못한 어떤 일이 일어나려 하고 있었다. 그때 그 여자가 말했다. "내게 키스해 줘, 베이어드."

"안 돼요! 아버지의 아내잖아요."

"그리고 난 너보다 여덟 살이나 많아. 또 사종(四從)[54] 사이지. 그리고 내 머리칼은 검은색이고. 키스해 줘, 베이어드."

"안 돼요!"

"키스해 줘, 베이어드." 그래서 나는 그 여자에게 내 얼굴을 갖다 댔다. 그러나 그녀는 나를 쳐다보며 허리 위 상체를 가볍게 뒤로 젖히고 그대로 서서 조금도 움직이지 않았다. 그런데 이번에는 그 여자 쪽에서 "안 돼!" 하고 말하는 것이었다. 그래서 나는 두 팔로 그 여자를 감싸 안았다. 그러자 여자들에게 그런 의지, 그런 능력이 있듯이 그녀는 순순히 내게 다

---

54   촌수가 10촌인 형제자매.

가왔다. 말(馬)을 다루던 팔목과 팔꿈치 힘을 가진 두 팔을 내 두 어깨에 올려놓고 팔목으로 내 얼굴을 자기 얼굴 쪽으로 끌어당겨, 마침내 더 이상 팔을 사용할 필요가 없게 되었다. 바로 그때 나는 예로부터 영원한 사탄의 상징인 그 서른 살의 여성, 그리고 그런 여성에 관해서 글을 써 온 남성들을 생각하고 있었다. 그리고 삶의 현실과 글 사이에는 도저히 메울 수 없는 틈이 있다는 사실을 깨달았다. 즉 자기가 마음먹은 것을 할 수 있는 사람들은 행동으로 옮기지만, 자기가 마음먹은 것을 할 수 없고 그래서 고통받는 사람들은 글로 풀어낸다는 사실을 깨달았던 것이다. 마침내 내 몸은 풀려났고, 나는 그 여자를 다시 바라볼 수 있었는데 그 여자는 아직도 그 어둡고 이해할 수 없는 표정으로 머리를 아래쪽으로 비스듬히 기울인 채 나를 쳐다보고 있었다. 나는 그녀가 나를 끌어안을 때와 거의 같은 몸짓으로 팔을 쳐드는 모습을 지켜보았다. 마치 그녀는 내가 그것을 잊지 않도록 하려고, 모든 약속을 암시하는 공허하고 형식적인 몸짓을 되풀이하고 있는 것 같았다. 두 팔꿈치를 바깥쪽으로 구부리며 그녀는 머리에 꽂은 버베나 가지에 두 손을 갖다 댔다. 그때 그녀가 머리에서 버베나 가지를 뽑아 내 옷깃에 꽂아 주는 동안, 나는 꼿꼿이 몸을 똑바로 가누고 서서 살짝 숙인 머리, 들쭉날쭉 짧게 깎은 머리칼, 그리고 일몰의 마지막 햇살에 희미하게 빛나며 이상하게 딱딱한 각도로 굽은 두 팔을 마주 보고 있었다. 그때 나는 남북 전쟁이 어떻게 그녀와 같은 세대, 같은 계층에 속한 모든 여성을 모두 한 전형으로 만들려 했는지, 또 어떻게 실패했는지에 대해 생각하고 있었다. 고통, 동일한 경험이(그녀의 경험과 제니 고모의 경험은 거의 같았다. 다만 제니 고모는 남편의 시체가 탄약차에 실려 집으로 돌아오기 전 남편과 며칠 밤을 함께 보낸 반면, 개빈 브렉브리지는 드루실라의 약혼자에 지나지 않았을 뿐이다.) 그녀 두 눈에 깃들어 있었지만 그것을 넘어서서는 어찌할 수 없이 개별적인 여성에 지나지 않았다. 즉 그녀는 전쟁터에서 돌아와 거세한 황소처럼 정부 연금으로 살아가는 너무나 많은 남자들과는 달랐다. 거세된 그들은 동일한 경험을 제외하고는 모든 것을 박탈당했다. 그런데 그 경험이라는 것은 잊어버릴 수도 없으며 잊으려 해도 감히 그럴 수 없었는데, 만약 잊는다면 그 순간 더 이상 살아갈 수가 없을 터였다. 또한 그 남자들은 태어날 때 부여받은 이름에 걸맞게 행동하는 예로부터의 습관을 제외하면 서로 바꿔 놓아도 무방할 만큼 거의 동일했다.

"자, 이제 아버지한테 말씀드려야 할 것 같은데요." 내가 말했다.

"그래, 그렇게 해." 그 여자가 대답했다. "꼭 아버지께 말씀드려. 내게 키스해 줘." 그래서 다시 전과 같은 상태가 되었다. 아니었다. 두 번, 아니 천 번을 되풀이해도 절대로 똑같지 않을 것이다. 그 영원무궁하고 상징적인 서른 살 여성에 맞서는 한 젊은 남성, 한 청년이 아닌가. 되풀이할 적마다 점점 누적되어 가고 반동적이며 절대로 반복할 수 없는 것, 매번 그럴 적마다 기억은 경험을 배제하고, 또 매번 그럴 적마다 경험은 기억에 선행한다. 싫증 나지 않는 기교, 아무리 과도해도 물리지 않는 지식, 팔뚝과 팔꿈치로 눌러 말(馬)을 잠재울 수 있듯이 인도하고 통제하는 교묘한 비결을 지닌 근육. 그 여자는 뒤로 물러나 벌써 몸을 돌리고 내게 말할 때 나를 쳐다보지도 않았으며, 나를 결코 쳐다보지 않고 벌써 어둠 속에서 날쌔게 움직이고 있었다. "아버지에게 말씀드려. 오늘 밤 그이한테 말해."

나는 말할 작정이었다. 나는 집에 들어가서 즉시 서재로 갔다. 왜 그랬는지 잘 모르겠지만, 나는 차디차게 식은 벽난로 앞 양탄자 한가운데로 다가갔다. 병사들처럼 꼿꼿이 선 채 곧장 앞쪽을 향해 눈높이로 시선을 두고 방 저쪽에 앉아 있는 아버지의 머리 위쪽을 쳐다보며 "아버지." 하고 부르고는 입을 다물었다. 내가 입을 다문 것은 아버지가 내 음성을 듣지 못했기 때문이었다. 아버지는 "응, 베이어드, 뭐라고?" 하고 말했지만 내 말소리를 듣지 못했다. 하지만 아버지는 책상 뒤에서 아무것도 하지 않고 부동자세로, 내가 꼿꼿이 서 있었듯이 꼼짝도 않고 앉아 있었다. 아버지는 불 꺼진 시가를 든 손을 책상 위에 올려놓고, 브랜디 병과 술이 가득 담겼지만 입도 대지 않은 유리잔을 그 옆에 놓은 채 검소한 옷차림으로 그날 오후 늦게 들어온 압승의 최종 결과에 어떤 승리감을 느끼며 멍한 표정으로 앉아 있었다. 그래서 나는 저녁 식사 뒤까지 기다리기로 했다. 아버지와 나는 식당으로 가 나란히 서서 제니 고모가 들어오고 곧장 드루실라가 들어올 때까지 기다렸다. 노란색 야회복을 입은 드루실라는 곧바로 내게 걸어와 이해할 수 없는 날카로운 눈초리로 나를 쳐다보고는 자기 자리로 걸어가서 내가 자신의 의자를 끌어내 주고 아버지가 제니 고모의 의자를 끌어내 주기를 기다렸다. 그때쯤 아버지는 멍하던 상태에서 깨어나 자기가 이야기를 하기보다는 식탁 상석에 앉아 조금 열띠고 수다스럽게 말을 늘어놓는 드루실라에게 대꾸만 할 뿐이었다. 요즈음 들어 아버지는 다소 법정 변론 말투로, 점잖으면서도 편협한 자부심을 띤 어조로 이따금씩 그 여자에게 대꾸할 때가 있었다. 격렬하고 공허한 웅변으로 가득 찬 정치 논쟁에 연루되는 바람에 반동적으로 변호사와는 거리가 멀어도 한참 먼 아버지가 마치 변호사라도 된 것처럼 말이다. 마침내 드루실라와 제니 고모가 식탁에서 일어나 자리를 뜨면서 우리 두 사람만 남게 되자, 아버지는 그들을 따라가려 하지 않고 앉아 있는 내게 "잠깐만 기다려라." 하고 말한 뒤 조비에게 포도주를 한 병 가져오라고 일렀다. 그 포도주들은 아버지가 개인 철도 채권을 청산하려고 돈을 빌리러 마지막으로 뉴올리언스에 갔을 때 그곳에서 가지고 온 것들이었다. 나는 다시 한번 병사들처럼 꼿꼿이 서서 내 눈높이로 시선을 두고 아버지 머리 위쪽을 쳐다보고 있었고, 아버지는 식탁에서 몸을 반쯤 돌리고 앉아 있었다. 아버지는 그리 심하지는 않지만 배가 조금 불룩 나왔고 머리도 약간 희끗희끗해졌지만 턱수염은 전과 다름없이 여전히 힘 있어 보였다. 아버지의 태도는 그럴듯한 법정 변호사들의 태도였다. 관용이라고는 도무지 찾아볼 수 없는 눈에는 지난 2년 동안 육식 동물에게서 흔히 볼 수 있었던 투명한 막이 씌워져 있었다. 육식 동물은 그런 눈으로 반추 동물들이 보지 못하는, 어쩌면 감히 보려고도 하지 않는 어떤 세계를 바라본다. 나는 전에 사람들을 너무 많이 죽인 인간들, 사람들을 너무 많이 죽인 나머지 그들이 살아 있는 동안 절대로 홀로 있을 수 없는 그런 인간들의 눈에서 그런 눈초리를 본 적이 있었다. 나는 다시 "아버지." 하고 부른 뒤 모든 얘기를 털어놓았다.

"어?" 아버지가 말씀하셨다. "앉아라." 그래서 나는 의자에 앉아서 아버지가 술잔 두 개에 술을 채우는 모습을 지켜보며 그를 쳐다보았다. 그런데 이번에는 내 말을 듣지 못한 것보다 상황이 더 좋지 않음을 나는 알아차렸다. 즉 내가 무슨 말을 하든 전혀 문제가 되지 않았던 것이다. "윌킨스 판사 말로는, 넌 법학 공부를 잘하고 있다더구나. 그 말을 들으니 기쁘다. 지금까지는 내 일에 네가 필요하지 않았다만, 앞으로는 필요할 거야. 난 내가 목표로 삼은 일에서 실제적인 몫을 달성했는데, 넌 그런 일에서 나를 돕고 싶어도 돕지 못했을 거다. 난 이 지역과 이 시대가 요청하는 바에 따라 활동했지. 그런 일을 하기에 넌 너무 어렸던 데다 난 너를 보호하고 싶었다. 하지만 이제 이 지역도, 이 시대도 변하고 있어. 그래서 지금부터 해야 할 일은 지금껏 한 것을 공고히 다지는 문제, 의심할 여지 없이 속임수를 사용해야 하는 비열한 문제다. 그런 문제에 있어서 난 어머니 품에 안긴 갓난아이와 다를 바 없지만, 넌 법률 훈련을 받았으니 너 자신의 — 아니, 우리 자신의 것을 지킬 수 있을 거야. 그래, 난 내 목표를 달성했어. 그러니 이제는 도덕적 청소를 좀 할 생각이다. 불가피한 사정이 있었건 어떤 목적이 있었건 난 이제 사람 죽이는 짓이 그만 진절머리가 나는구나. 내일 읍내로 벤 레드먼드를 만나러 갈 때는 총을 안 가져갈 거야."

3

우리는 자정이 되기 직전에 집에 도착했다. 제퍼슨을 통과할 필요도 없었다. 우리가 정문 안에 들어서기 전에 불빛이, 샹들리에들이 보였다. 현관 홀, 응접실, 제니 고모가 (아무런 힘도 들이지 않고, 아니 *그*보다도 아무런 의도도 없이) 링고에게 응접실이라고 부르도록 가르쳐 준 그 방에서 쏟아져 나오는 불빛은 주랑 현관을 건너 기둥을 지나 흘러나왔다. 그다음에는 말들과 말 잔등의 가죽과 쇠붙이 버클이 검은 실루엣으로 희미하게 빛났고, 또 사람들의 모습도 보였다. 아버지의 부대에서 근무했던 조지 와이엇과 그 밖의 다른 옛날 부하들이었다. 그런데 나는 그 사람들이 와 있으리라는 걸 잊고 있었다. 그들이 그곳에 와 있으리라는 사실을 그만 까맣게 잊고 있었던 것이다. 나는 피곤한 데다 긴장하여 지쳐 있었기 때문에 그때 이런 생각을 했던 게 기억난다. '이제 오늘 밤에 그게 시작돼야 할 텐데. 내일까지 가선 안 되는데. 내일이면 저항하기 시작하겠지.' 우리가 마차 도로에 들어서자마자 곧바로 알아차린 것으로 보아 그 사람들은 망보는 사람, 경계병을 내보냈던 것 같다. 와이엇이 나를 맞았으며, 나는 암말을 멈춰 세우고 그와 그 패거리를 내려다보았다. 와이엇 뒤로 몇 미터 떨어진 곳에 다른 사람들은 이런 상황에서 남부인들이 취하는 독수리처럼 무자비한 격식을 갖추고 서 있었다.

"아, 돌아왔군그래." 조지가 말했다.

"그게 —." 내가 말했다. "아버지께서 —."

"그건 괜찮았어. 정면에서 상대했으니까. 레드먼드는 비겁한 자가 아니지. 존은 언제나처럼 소맷부리 안에 데린저 권총을 넣어 두었지만, 그걸 건드리지도 않았어. 그걸 잡으려고 움직이지도 않았단 말이야." 나는 언젠가 아버지가 그러는 것을 본 일이 있었다. 아버지가 한번 보여 주셨다. (길이가 10센티미터가 조금 넘는) 그 권총은 아버지가 철사 줄과 낡은 괘종시계의 스프링으로 손수 만든 클립에 의해 왼쪽 팔목 안쪽에 납작하게 매달려 있었다. 그래서 아버지는 두 팔을 동시에 처든 뒤 그것을 십자로 포개고는 왼손 밑에서 권총을 발사했다. 마치 자신이 하는 행동을 보지 않으려고 숨는 것 같은 모습이었다. 그리고 아버지가 누군가를 살해할 때면 아버지의 웃옷 소매에는 구멍이 뚫려 있었다. "하지만 어서 빨리 집에 들어가고 싶을 테지." 와이엇이 말했다. 그는 옆으로 비켜서며 다시 입을 열었다. "자넨 이 일에서 손을 뗐으면 하네. 우리 중 하나가 처리할 테니. 아니면 내가 하든지." 나는 아직껏 암말을 움직이지 않았으며, 대답하려고 입을 움직이지도 않았다. 그러나 그는 자기가 할 말과 내가 할 말 모두를 미리 연습해 둔 것처럼 재빨리 계속 말했다. 와이엇은 내가 무슨 말을 할지 알고 있었으며, 다만 집에 들어갈 때 모자를 벗거나 낯선 사람에게 말을 걸 때 공손하게 존대를 사용하듯이 자연스럽게 혼잣말을 지껄였다. "자넨 아직 젊어. 아직 애송이라는 말이지. 이런 일에 경험이 없잖아. 게다가 저 집 안엔 돌봐야 할 귀부인이 둘이나 있고. 그자도 이해해 줄 거야."

"제가 처리할 수 있습니다." 내가 말했다.

"물론 그렇겠지." 그가 대꾸했다. 이렇게 말하는 그의 목소리에는 놀라는 기색이 전혀 없었다. 이 또한 미리 연습해 두었기 때문이었다. "자네가 그렇게 말하리라는 걸 우린 모두 알고 있었지." 그러더니 그는 뒤로 물러섰다. 마치 내가 아니라 그 사람이 암말에게 움직이라고 명령한 것 같았다. 그러나 그의 패거리는 모두 번지르르하고 싫증 나지 않는 격식을 갖추고 나를 따라오고 있었다. 다음 현관 계단 꼭대기에 노란색 야회복을 입은 드루실라가 무대 장면처럼 열린 문과 창문에서 비치는 불빛을 받고 서 있는 모습이 보였다. 이렇게 떨어진 곳에서도 그 여자 머리에 꽂힌 버베나 향기를 맡을 수 있었다. 그곳에 선 그녀는 꼼짝도 하지 않았지만 총을 두 발 발사한 것보다도 더 큰 무언가를 ― 싫증 나지 않으면서도 정열적인 무엇인가를 내뿜고 있다는 생각이 들었다. 그러고 나서 나는 암 말에서 내렸고, 누군가가 말을 데려갔는데도 나는 여전히 안 장에 앉아서 그 여자가 만들어 내는 장면 속으로 또 다른 배우 처럼 입장하는 스스로의 모습을 지켜보고 있는 것 같았다. 한 편 그 배경에서는 와이엇과 그 패거리가 합창단[55]이 되어, 남 부인들이 죽음 앞에서 보이는 번지르르한 격식을 차리고 서 있었다. 그것은 이글이글 끓는 태양의 땅, 눈 내리는 겨울에서 무더운 여름으로 난폭하게 바뀌는 탓에 그 어느 쪽에나 무감 각한 종족을 낳게 한 땅에 이식된, 안개 속에서 태어난 개신교 가 만들어 낸 로마의 휴일[56]이었다. 나는 계단을 올라가서 노 란색 야회복을 입고 마치 양초처럼 꼼짝도 않고 꼿꼿이 서 있 는 인물을 향해 걸어갔다. 그 여자가 움직인 것은 오직 한쪽 손을 나를 향해 내뻗쳤을 때뿐이었다. 우리는 함께 서서 무리 를 지어 서 있는 패거리를 내려다보았다. 그리고 그 패거리 너 머로 환히 빛나는 문과 창문에서 새어 나오는 불빛 끝자락에 옹기종기 모여 있는 말들을 내려다보았다. 그중 한 마리가 발 을 탕탕 구르고 콧소리를 내고 마구를 덜그렁거렸다.

"신사 여러분, 고맙습니다." 내가 말했다. "제 고모님과 제 ─ 드루실라를 대신해서 감사드립니다. 이곳에 남아 계실 필요는 없습니다. 안녕히들 가십시오." 그러자 그 사람들은

---

55 그리스 비극의 서막 또는 프롤로그에서 코러스(합창단)가 등장하여 작품의 배 경을 알린다. 그리스 비극의 등장인물은 크게 배우와 코러스 둘로 나뉜다.

56 고대 로마 시대 노예나 포로 등으로 하여금 무기를 들고 싸우게 한 데서 유래한 말로, 남을 희생시켜 즐기는 오락, 소동, 폭동 등을 말한다. 이 작품에서는 존 사 토리스 대령이 정적(政敵)에게 살해된 사건을 마을 사람들이 축제처럼 즐기는 상황을 의미한다.

뭐라고 중얼거리며 뒤돌아서셨다. 조지 와이엇이 걸음을 멈추고 나를 쳐다보았다.

"내일인 거지?" 그가 말했다.

"내일입니다." 그들은 모자를 벗어 들고 심지어 땅 위인데도 까치발로 걸었다. 마치 집 안에 깨어 있는 누군가가 잠들려 한다는 듯, 이미 잠들어 있는 누군가가 깨지 않게 하려는 듯 조심스럽게 조용하고 탄력성 있는 대지 위를 걸었다. 마침내 그들이 모두 사라지자 드루실라와 나는 돌아서서 주랑을 가로질러 갔다. 걸어가면서 그 여자는 한 손을 가볍게 내 팔목에 올려놓았다. 그럼에도 짙은 정열적 욕정이 마치 전기 같은 충격으로 내게 발산돼 왔고, 그녀 얼굴이 내 어깨에 와닿아 있었다. 짧게 깎은 머리칼 양쪽 귀 위에는 버베나 가지가 꽂혀 있었고, 환희에 찬 강렬한 두 눈은 나를 응시하고 있었다. 우리가 현관 홀로 들어가서 그곳을 가로지르는 동안 그녀는 가볍게 잡은 손으로 나를 인도하고 있었다. 우리는 응접실로 들어갔다. 그제야 비로소 나는 그것을 — 죽음이라는 변화를 — 깨달았다. 아버지가 이제 한 줌의 흙덩이에 지나지 않는다는 사실이 아니라 아버지가 누워 계신다는 사실 말이다. 그러나 아버지를 바라보면 숨을 헐떡거리기 시작할 것 같았기 때문에, 나는 아직 아버지의 얼굴을 쳐다보지 않았다. 방금 의자에서 일어난 제니 고모한테 다가갔는데 그녀 뒤에는 루비니어가 서 있었다. 아버지의 누이 동생인 제니 고모는 드루실라보다 키는 컸지만 나이는 어렸다. 그녀의 남편은 남북 전쟁이 일어난 지 얼마 되지 않았을 때 몰트리 요새[57]에서 북부 연방군의 구축함 포탄에 맞아 사망했으며, 그녀는 6년 전 캐롤라이나주에서 우리한테로 건너왔다. 링고와 나는 마차로 테네시 환승역까지 그녀를 마중 나갔다. 날씨가 춥고 청명했던 1월로, 마차 바큇자국에 얼음이 얼어 있었다. 우리는 어두워지기 직전에 집에 도착했다. 마차 안에서 제니 고모는 레이스 파라솔을 들고 내 옆자리에 앉았고, 링고는 마차 바닥에 앉아서 묶은 셰리주 두 병, 지금 정원에 덤불을 이루고 있는 재스민 꽃가지 두 개, 고모와 아버지와 베이어드 삼촌이 태어난 캐롤라이나 집에서 구해 낸 색유리가 든 바구니를 소중하게 간수하고 있었다. 그 색유리는 아버지가 고모를 위해 응접실 한 창문의 부채꼴 채광창에 붙여 놓았다. 우리가 마차 도로에 도착하자 아버지가(철도에서 이미 돌아와 집에 계셨다.) 계단을 내려와 마차에서 고모를 들어 내려 주면서 "자, 어서 와, 제니!" 하고 말하자 고모는 "어, 조니 오빠!" 하고 말하면서 흐느껴 울기 시작했다. 내가 다가가자 고모도 선 채로 나를 쳐다보았다. 아버지의 머리와 똑같이 생긴 머리에다 똑같이 오뚝한 코와 눈매. 다만 눈매에서 다른 점이 있다면, 아버지의 눈은 관대하게 보이지 않는 데 반하여 고모의 눈은 열성적이고 현명해 보였다. 고모는 아무런 말도 하지 않고 내게 키스했다. 그녀는 두 손을 내 어깨 위에 가볍게 올려놓았다. 마침내 드루실라가 마치 끔찍한 인내심을 발휘하여 공허한 의식이 끝나기를 기다리고 있었다는 듯이 입을 열었다. 그 음성은 종소리와 같았다. 맑고 무감각하고 높낮이가 없고 은방울처럼 의기양양한 목소리였다. "이리 와, 베이어드."

"지금 잠자리에 드는 게 좋지 않겠어?" 제니 고모가 말했다.

---

57 미국 사우스캐롤라이나주 찰스턴 인근 설리번섬에 위치한 요새로, 독립 전쟁과 남북 전쟁에서 요충지였다.

"네, 그래요." 드루실라가 여전히 그 은방울 같은 환희에 찬 목소리로 대답했다. "아, 그래요. 잠잘 시간은 얼마든지 있어요." 나는 그 여자를 따라갔는데, 그녀의 손이 또다시 나를 가볍게 인도하고 있었다. 그제야 나는 아버지의 모습을 바라보았다. 그 모습은 내가 상상한 그대로였다. 군도, 깃 장식, 그 밖의 모든 것을 몸에 지니고 있었다. 그러나 그렇게 되리라고 예기하고 있었건만 미처 실감하지는 못한 변화, 다시 돌이킬 수 없는 차이점이 있었다. 위가 소화시키기를 거부하는 음식물을 위장 속에 얼마간 넣고 있는 것과 같았다고나 할까. 내가 잘 아는 아버지의 얼굴을 내려다보고 있을 때 느낀 그 무한한 비애와 회한. 그 코와 그 머리카락과 관용 없는 그 눈을 덮은 눈꺼풀. 지금껏 살아오면서 처음으로 본, 편안하게 안식을 취하고 있는 그 얼굴. 눈에 잘 보이지 않지만 죽은 사람들이 쓸데없이 (한 번은 확실히) 흘린 핏자국 밑에 지금 조용히 놓여 있는 텅 빈 두 손, 지금 무기력한 상태에서 너무나 투박해 보여 사람을 살해했을 것 같지 않은 두 손. 그런 치명적인 행동을 한 뒤에도 아버지는 영원히 잠을 자고 잠에서 깼을 것이 틀림없고, 아마 마침내 편히 눕게 되어서 기뻤으리라. 이런 교묘한 부속물들은 처음엔 투박하게 고안되었어도 인간은 그것으로 많은 것을 하도록, 자기들이 의도한 것 이상으로 또는 용서받지 못할 그런 일을 너무 많이 하도록 배웠다. 그래서 이제 아버지의 그 관대하지 못한 마음이 맹렬하게 붙잡고 있던 생명을 포기하게 했던 것이다. 그때 나는 내가 곧 숨을 헐떡거리기 시작하리라는 점을 알았다. 그래서 드루실라가 두 번이나 내 이름을 부르고 나서야 나는 비로소 그녀의 목소리를 듣고 몸을 돌렸고 곧바로 제니 고모와 루비니어가 우리를 쳐다보고 있는 모습을 보았다. 이제야 내 귓가에서 무감각한 종소리 같은 음성은 사라졌고, 죽음의 분위기로 가득 찬 조용한 방에 정열적으로 점점 약하게 그녀가 속삭이듯 불어넣는 목소리가 들렸다. "베이어드!" 그 여자는 내게 바싹 다가서서 나를 마주 보고 서 있었다. 그녀가 결투용 권총 두 자루를 한 손에 하나 씩 쥐고 손을 뻗었을 때, 또다시 그녀 머리에 꽂힌 버베나 향 기가 수백 배 늘어나는 것처럼 느껴졌다. "이걸 받아, 베이어 드." 그녀는 작년에 내게 "키스해 줘." 하고 말했던 것과 똑같 은 어조로 말하며, 어느새 그 권총들을 내 손에 쥐어 주고 정 열적이고 지칠 줄 모르는 환희에 차서 나를 지켜보았다. 또한 그녀는 약속의 희망으로 기절할 것 같은 격정적인 목소리로 말을 이었다. "이걸 받아. 네게 주려고 보관해 둔 거야. 지금 난 네게 이걸 주는 거야. 아, 넌 나를 고맙게 생각할 거야. 사람 들이 오직 하느님에게만 속한다고 말하는 것을, 네 손에 쥐어 준 나를 기억하게 될 거야. 이 권총들의 감촉을 느낄 수 있지? 정의처럼 길고 진실한 총신이며, 복수처럼 빠른 방아쇠며(넌 이 총을 쏴 본 적이 있지.), 그리고 사랑의 구체적 화신처럼 날씬 하고 대적할 수 없고 치명적인 두 자루 모두의 그 감촉을." 나 는 또다시 그 여자가 두 팔을 각이 지도록 위쪽으로 휙 올려, 시선이 따를 수 없을 만큼 아주 빠른 두 동작으로 머리칼에 서 버베나 가지 두 개를 뽑아, 어느새 그중 하나를 내 옷깃에 꽂고 다른 하나는 자기 손에 움켜쥐는 모습을 지켜보았다. 그 런 동작을 취하는 동안에도 그녀는 여전히 속삭임보다 그다 지 크지 않은 빠르고 정열적인 목소리로 이렇게 말했다. "자, 하나는 내일 꽂으라고 주는 거야.(그때까지 시들지 않을 거야.) 또 다른 하나는 집어 던져 버리겠어. 이렇게." 그러면서 그 여자는 으스러진 꽃송이를 자기 발끝에 떨어뜨렸다. "난 이제 이 꽃과는 절연이야. 버베나와는 영원히 결별하겠어. 난 용기의 냄새보다 이 꽃 냄새를 더 짙게 맡아 왔어. 내가 바란 건 바로 그게 다였으니까. 자, 이제 네 얼굴 좀 보여 줘." 그 여자는 뒤로 물러서서 나를 물끄러미 쳐다보았다. 눈물 한 방울 흘리지 않고 의기양양한 얼굴, 지칠 줄 모르고 반짝거리는 열병 같은 두 눈. "넌 참으로 멋지구나. 넌 그걸 아는 거야? 얼마나 멋진지. 젊어서 사람을 죽일 수도 있고, 복수할 수도 있고, 루시펠[58]을 지옥으로 던져 버린 천국의 불을 네 빈손에 쥘 수 있으니. 아냐, 그건 나지. 내가 그걸 네게 준 거야. 내가 그걸 네 손에 쥐여 줬어. 아, 넌 나를 고맙게 생각하게 될 거야. 내가 죽고 네가 늙으면 나를 기억하고 혼자서 이렇게 말하겠지. '난 모든 걸 다 경험했노라.' 하고. 오른손이 좋을 테지?" 그 여자는 몸을 움직이더니, 그녀가 지금 무엇을 하려는지 내가 알아차리기도 전에 아직도 권총을 쥐고 있는 내 오른손을 잡았다. 왜 내 손을 잡았는지 알아차리기도 전에 그녀는 허리를 굽혀서 그 손에 키스했다. 그러고 나서 그녀는 아직 몹시 희열에 찬 겸손한 태도로 허리를 굽힌 채 꼼짝도 않고 있었다. 그녀의 뜨거운 입술과 뜨거운 손은 낙엽처럼 가볍게 여전히 내 살에 닿았지만, 모든 평화로부터 영원히 저주받은 음산하고 정열적인 전류 같은 것을 내 살에 전해 주고 있었다. 여자들이란 현명하기 때문에 그들은 ─ 접촉이나 입술이나 손가락, 지식, 심

─────────────────────────

58 기독교에서 사탄에게 자주 부여하는 이름으로, 구약 성서 「이사야서」의 한 구절을 특별히 해석한 것에서 유래한다. 좀 더 명확하게는 천국에서 추방당하기 이전에 사탄이 지녔던 이름으로 알려져 있다.

지어 투시력까지도 지둔한 두뇌를 거치지 않고서 단도직입적으로 가슴속에 파고드는 법이다. 이제 그 여자는 똑바로 서서 믿기지 않는 놀라운 의구심을 띤 표정으로 나를 응시하고 있었다. 그런 표정이 족히 1분은 그녀 얼굴에 감도는 동안, 그녀의 두 눈은 완전히 텅 비어 있었다. 내가 1분을 그대로 서 있는 동안 제니 고모와 루비니어는 우리를 빤히 쳐다보며 그녀의 두 눈에 표정이 깃들기를 기다리고 있는 것 같았다. 그 여자의 얼굴은 핏기라고는 조금도 없었고, 입은 조금 벌어져 있었으며, 여자들이 과일 유리그릇을 밀봉할 때 사용하는 고무링처럼 창백했다. 그러더니 마침내 그 여자의 두 눈은 비통하고 정열적인 배신감의 표정으로 가득 찼다. "아냐, 그는 그렇지 않아." 그 여자가 말했다. "그는 안 그래. 내가 그의 손에 키스했어." 그녀는 정신 나간 사람처럼 속삭이듯 말했다. "내가 그의 손에 키스했다고!" 그러면서 그녀는 웃기 시작했다. 그 웃음은 점점 높아져 비명으로 변했지만 아직 웃음으로, 비명 섞인 웃음으로 남아 있었다. 그녀는 입에 손을 갖다 대고 소리를 죽이려 했지만 그 웃음은 손가락 사이로 토사물처럼 흘러나왔고, 그 믿을 수 없고 배반당한 표정을 한 두 눈은 입을 막은 손 위로 나를 빤히 쳐다보고 있었다.

"루비니어!" 제니 고모가 말했다. 두 사람은 그 여자에게 다가왔다. 루비니어가 그 여자에게 손을 갖다 대고 붙잡자 드루실라는 루비니어를 향해 얼굴을 돌렸다.

"루비니어, 난 그의 손에 키스했어!" 그 여자는 큰 소리로 외쳤다. "그러는 거 봤지? 그의 손에 키스했다고!" 그 웃음소리는 다시 점점 높아져 비명으로 변했지만 아직도 웃음으로 남아 있었다. 입속에 음식이 가득한 어린애처럼 한 손을 입에 대고 웃음을 참으려 하고 있었다.

"아씨를 2층으로 데리고 가." 제니 고모가 말했다. 루비니어는 드루실라를 반쯤 끌고 가다시피 했고, 어느새 두 사람은 문 쪽을 향해 걸음을 옮기고 있었다. 그녀의 웃음소리는 밝고 텅 빈 홀에 가면 다시 높아지기를 기다리는 듯 문에 가까워질수록 점점 사그라지고 있었다. 그러더니 마침내 그 소리는 완전히 사라져 버렸다. 제니 고모와 나는 그 자리에 그대로 서 있었다. 나는 숨을 헐떡거리기 시작할 것 같았다. 구토감을 느끼듯 숨의 헐떡거림을 감지할 수 있었다. 마치 그 방 안에, 그 집 안에 공기가 충분하지 않은 것 같았고, 잔뜩 흐리고 무덥고 나지막한 하늘 아래 어느 곳에도 공기가 충분하지 않은 것 같았다. 이런 하늘에서 추분은 올 것 같지도 않았고, 공중에는 허파가 들이마실 것이라고는 아무것도 없는 듯했다. 이번에는 제니 고모 차례였다. "베이어드." 고모가 두 번이나 부르고 나서야 나는 그 말을 겨우 들을 수 있었다. "넌 그를 죽일 생각은 아닐 거야. 그래, 괜찮아."

"괜찮다고요?" 내가 반문했다.

"그래, 괜찮아. 히스테리를 부리는 불쌍한 여자, 드루실라 때문에 그러지 않도록 해. 그리고 베이어드, 그분은 이미 돌아가셨으니 그분 때문에도 그러지 않도록 해. 내일 아침 너를 기다리고 있을 조지 와이엇이나 그 패거리들 때문에 그렇게 해서도 안 돼. 난 네가 두려워하지 않는다는 걸 잘 알거든."

"하지만 그런다고 무슨 소용이 있을까요?" 내가 말했다. "그런다고 무슨 소용이 있냐고요?" 바로 그때 다시 숨이 가빠지기 시작할 뻔했다. 나는 가까스로 참아 냈다. "전 자존심을 지키며 살아갈 겁니다. 알겠지요."

"그럼, 드루실라 때문이 아니라는 말이지? 그분 때문도 아니고? 조지 와이엇이나 제퍼슨 주민들 때문도 아니라는 말이지?"

"네, 그래요." 내가 대답했다.

"내일 읍내에 나가기 전에 날 만나 주겠다고 약속해 주겠니?" 나는 고모를 쳐다보았다. 우리는 잠깐 동안 서로 마주 보았다. 그러자 고모는 한 동작으로 두 손을 내 어깨 위에 올려놓고 키스를 하고는 놓아 주었다. "잘 자거라, 조카." 고모가 말했다. 마침내 고모도 갔고 이제는 숨 막힐 듯하더라도 괜찮을 것 같았다. 그 순간 아버지를 바라보면 그러기 시작하리라는 것을 잘 알았다. 그래서 나는 아버지를 바라보았다. 가쁜 숨이 시작되기 전 길게 멈춘 숨, 그 중단된 숨을 느끼며 나는 '아버지, 편히 가세요!' 하고 말할 생각이었지만 막상 그렇게 하지는 않았다. 그런 말을 하는 대신 나는 피아노가 있는 곳으로 가로질러 가서 그 위에 권총 두 자루를 조심스럽게 올려놓고는 여전히 숨이 너무 크게, 너무 빨리 쉬어지지 않도록 억제하고 있었다. 그 뒤 나는 집 밖 현관에 나가 서 있었고(얼마나 오래 서 있었는지는 모른다.) 창문 안을 들여다보니 사이먼이 아버지 옆, 등 없는 의자에 쭈그리고 앉아 있는 모습이 보였다. 사이먼은 전쟁 중 아버지를 수행한 몸종으로, 그들이 고향에 돌아왔을 때 사이먼도 군복을 입고 있었다. 남부 연방군 병사의 군복이었는데 상의에는 북부군 여단의 성장(星章)이 붙어 있었다. 아버지가 지금 군복을 입고 있는 것처럼 그도 군복을 입고 아버지 옆 의자에 울지도 않고 쭈그리고 앉아 있었다. 그는 백인들의 구질구질한 특징인 헤픈 눈물, 흑인들은 알지도 못하는 그런 눈물 따위는 흘리고 있지 않았다. 꼼짝 않고 앉아 있는 그의 아랫입술은 조금 아래로 처져 있었다. 그는 한 손을 들어 관을 만지다가 마침내 손을 떨구었다. 그 시커멓고 뻣뻣하며 부스러질 듯 보이는 손은 마치 갈고리 모양의 마른 삭정이 같았다. 그가 한번 머리를 이쪽으로 돌리자 마치 궁지에 몰린 여우의 눈처럼 해골에 박힌 두 눈을 깜박거리지도 않고 벌겋게 굴리는 그의 모습이 보였다. 그때쯤 심장 고동은 이미 시작되었다. 나는 그 자리에 서서 숨을 헐떡였다. 바로 이것이었다. 회한과 비통, 무엇이라도, 그 어떤 것이라도 견뎌 낼 수 있는 비극적이고 무감각한 무언(無言)의 뼈들이 맞서 일어서는 그 절망 말이다.

4

얼마 뒤 소쩍새의 울음소리가 그치고 날이 밝아 오자마자 맨 처음 우는 앵무새 소리가 들려왔다. 앵무새도 밤새도록 울어 댔지만 이제 들리는 소리는 졸린 듯 꿈결 같은 소리가 아니라 밝은 낮에 우는 소리였다. 그러더니 마침내 모든 새가 울기 시작했다. 마구간에서 참새, 제니 고모의 정원에서 사는 개똥지빠귀, 목장에서는 메추리 한 마리가 울기 시작했다. 이제 방 안은 환하게 밝았다. 그러나 나는 곧바로 몸을 움직이지 않았다. 두 손으로 머리를 베고 그대로 침대에 누워 있었다.(나는 지난밤에 옷을 벗지 않았다.) 의자에 걸어 놓은 상의에서 풍기는 드루실라가 꽂아 준 버베나 향기를 희미하게 맡으며 나는 밝아 오는 빛이 햇살을 받아 점점 더 붉게 물들어 가는 광경을 쳐다보았다. 얼마 뒤 루비니어가 뒷마당을 가로질러 부엌으로 들어가는 소리가 들렸다.[59] 문소리가 들리더니 장작 한 아름을 와르르 상자 속에 던지는 소리가 길게 들렸다. 이제 곧 그 사람들이 도착하기 시작하리라. 마차 도로에 사륜마차들과 경마차들이 들어설 것이다. 그러나 그 사람들도 우선 내가 어떻게 행동할지 알아야 하기 때문에 아직 얼마 동안의 시간은 있었다. 그래서 내가 식당으로 들어갔을 때 집 안은 조용했다. 비록 내가 들여다보지는 않았어도 거실에서는 사이먼이 여전히 같은 의자에 앉아 코를 고는 소리 말고는 아무 소리도 들리지 않았다. 나는 식당 유리창 앞에 서서 루비니어가 가져다준 커피를 마시고 난 뒤 마구간으로 갔다. 내가 마당을 가로질러 갈 때 조비가 나를 바라보는 모습이 보였고, 마구간에서는 루시가 말을 빗기는 빗을 손에 쥐고 벳시의 머리 너머로 나를 올려다보았지만 링고는 아예 나를 쳐다보지 않았다. 그러고 나서 우리는 주피터를 빗겼다. 우리는 힘들이지 않고 해낼 수 있을지 알 수 없었다. 전에 아버지가 으레 먼저 마구간에 들어가서 그 말을 가볍게 두드려 주고 일어서라고 하면 그는 마치 대리석 상처럼(또는 그보다도 푸른빛이 도는 동상처럼) 서 있곤 했고, 그러는 동안 루시가 털을 빗겨 주었기 때문이다. 말은 조금 반항하긴 했지만 내 말을 듣고서도 일어섰고, 빗질을 할 수 있었다. 이제 거의 9시가 되어 사람들이 곧 도착하기 시작할 것이다. 나는 링고에게 벳시를 집 앞으로 데려오라고 일렀다.

나는 집으로 걸어가서 현관으로 들어갔다. 그때 나는 아직 숨을 헐떡거릴 필요가 없었을 테지만 방 안에는 그런 분위기가, 기다림이, 무엇인가 달라졌다는 느낌이 감돌고 있었다.

---

59 이 무렵 흑인 하인들은 백인들이 사는 본채 뒤쪽의 별채 오두막에 살았다.

마치 아버지가 사망하여 이제 자신의 공기가 불필요해지자 그동안 호흡하고 주장하고 요구해 온, 자기가 지은 집 안 벽들 사이에 있는 모든 공기를 저승으로 가지고 가 버린 듯했다. 제 니 고모는 나를 기다리고 있었음이 틀림없었다. 고모는 곧바 로 옷을 차려입고 식당에서 아무 소리 없이 조용히 걸어 나왔 다. 그녀는 아버지의 눈을 닮지 않은 두 눈 위로 아버지를 닮 은 머리카락을 매끈하게 빗어 올리고 있었다. 고모의 눈은 관 대한 빛이 없다기보다는, 다만 열성적이고 침착하면서도 (또 한 현명하기도 한) 연민의 빛이 없을 뿐이었다. "지금 가는 거 니?" 고모가 물었다.

"네." 나는 고모를 쳐다보았다. 정말로 그랬다. 연민의 빛 은 없었다. "아시다시피 사람들이 저를 좋게 생각했으면 합니 다."

"난 그렇게 생각한단다." 그녀가 말했다. "비록 네가 하루 종일 마구간 다락에 숨어 지낼지라도 난 너를 나쁘게 생각하 지 않을 거야."

"혹시 그 여자가 제가 간다는 걸 안다면요. 어쨌든 제가 지금 읍내로 간다는 걸 안다면 말입니다."

"몰라." 고모가 말했다. "암, 모르고말고, 베이어드." 우리 는 서로 마주 보았다. 마침내 그녀는 조용히 말을 이었다. "괜 찮아. 그 여자는 지금 깨어 있단다." 그래서 나는 계단을 올라 갔다. 나는 빠르지 않게 천천히 조금씩 올라갔다. 만약 내가 빨리 올라간다면 헐떡이는 심장 고동이 다시 시작되어, 계단 구부러진 곳이나 꼭대기에서 잠시 숨을 돌리기 위해 걸음을 늦춰야 할 테고, 그러면 계속 걸을 수 없을 것이기 때문이었 다. 그래서 나는 느린 걸음으로 꾸준히 현관을 가로질러 그 여자의 방문 앞에 가서 노크를 하고 문을 열었다. 그녀는 아침에 자기 침실에서 입는 부드럽고 느슨한 옷을 걸친 채 창가에 앉아 있었다. 다만 어깨 위로 내려온 머리칼이 없어 아침에 침대에서 일어나 앉아 있는 여자의 모습으로는 보이지 않았다. 그대로 앉은 상태에서 그녀는 빛을 내뿜는 열띤 눈으로 나를 쳐다보았다. 그때 나는 아직도 옷깃에 버베나 가지를 꽂고 있다는 점이 기억났고, 그녀는 갑자기 다시 웃기 시작했다. 그 웃음은 입에서 나오는 것이 아니라 땀이 흐르듯 얼굴 전체에서 터져 나오는 것 같았다. 아플 때까지 구토할 때처럼, 다시 구토하지 않고서는 배길 수 없는 때처럼 무섭고 고통스러운 발작을 일으키며 말이다. 눈을 제외한 얼굴 전체에서 웃음이 터져 나왔다. 그 믿기 어려운 반짝이는 두 눈은 마치 다른 사람의 몸에 붙어 있는 눈인 양, 마치 소용돌이로 가득 찬 용기 밑바닥에 놓인 타르나 석탄 두 조각처럼 나를 빤히 응시하고 있었다. "나 그의 손에 키스했어! 그의 손에 키스했다고!" 루비니어가 방에 들어왔다. 제니 고모가 곧바로 내 뒤로 그녀를 들여보냈음이 틀림없었다. 다시 나는 숨을 헐떡이지 않도록 천천히 계단을 내려가, 마치 어제 대학에서의 윌킨스 교수 부인처럼 현관 샹들리에 아래 서 있는 제니 고모에게 다가갔다. 그녀는 손에 내 모자를 들고 있었다. "비록 네가 온종일 마구간에 숨어 있다 해도, 베이어드." 고모가 말했다. 나는 모자를 받아 들었다. 고모는 마치 낯선 사람이나 손님에게 말하듯 내게 나지막한 음성으로 상냥하게 말했다. "난 찰스턴에서 봉쇄 돌파자들[60]을 많이 보곤 했지. 너도 알겠지만 그 사람들도 어떤 면

---

60 항구나 해협의 봉쇄를 따돌리고 내부와 외부를 왕래하려는 사람이나 경량 선

에서는 영웅이었어. 그들이 남부 동맹의 운명을 더 끌고 나가
는 데 도움이 돼서 영웅이라는 게 아니라, 데이비드 크로켓[61]
이나 존 서비어[62]가 어린애들에게 영웅이 되거나 또는 젊은
여자들을 갖고 논다는 뜻에서 영웅이라는 말이지. 그런 사람
들 중에 영국인이 하나 있었어. 찰스턴에서 별로 할 일이 없는
사람이었거든. 물론 다른 모든 사람들과 마찬가지로 그에게도
돈이 문제였지. 그러나 그 사람은 우리에겐 데이비 크로켓 같
은 인물이었지 뭐야. 그 무렵 우린 돈이 뭔지, 돈을 갖고 뭘 하
는지 잊고 있었으니까. 그는 이름을 바꾸기 전에 한때 틀림없
이 신사였거나 신사들과 교제한 사람이었을 거야. 그는 오직
일곱 단어를 구사했을 뿐이지만 그 어휘만으로도 꽤 잘 견뎌
나갔단 말이지. 처음 네 단어는 '난 럼주를 마실 거야.'였어. 럼
주를 마시고 난 뒤 그는 나머지 세 단어를 말하곤 했지. 그 술
병 건너편에 있는, 가슴에 주름 장식을 단 부인이건 가슴이 파
인 가운을 입은 부인에게건 말이지. '핏기 띤 달[63]은 싫습니
다.'라고. 베이어드, 핏기 띤 달은 싫구나."

박. 이것의 주된 목적은 식량과 무기 등 보급품을 봉쇄 지역으로 운송하는 일이
    나 외부 세계와의 의사소통을 위한 우편 수송 등이었다.

61 David Crockett(1786~1836). 미국의 군인. 정치가로서 미합중국 텍사스 독립
    을 지지했고 알라모 전투에서 전사했다. 미국의 전 국민적 영웅으로, 보통 '데이
    비 크로켓'으로 알려져 있다.

62 John Sevier(1745~1815). 미국의 군인, 개척자, 정치가로 테네시주를 창설하는
    데 이바지했다.

63 개기 월식 때 흔히 나타나는 핏빛 달. "여호와의 크고 두려운 날이 이르기 전에
    해가 어두워지고 달이 핏빛같이 변하려니와"(「요엘」 2장 31절), "주의 크고 영화
    로운 날이 이르기 전에 해가 변하여 어두워지고 달이 변하여 피가 되리라."(「사
    도행전」 2장 20절)

링고는 벳시를 데리고 앞쪽 계단에 서 있었다. 내게 고삐를 건네주는 동안 그는 또다시 나를 쳐다보지도 않은 채 시무룩한 표정으로 아래쪽을 내려다보고 있었다. 그는 아무런 말도 하지 않았으며, 나도 뒤를 돌아보지 않았다. 그리고 확실히 나는 시간에 맞춰 가고 있었다. 정문에서 나는 콤슨 집안의 사륜마차와 마주쳤다. 우리가 서로 지나칠 때 내가 모자를 벗어 든 것처럼 콤슨 장군도 모자를 벗어 들었다. 읍내까지는 6.5킬로미터 가까이 되었는데, 그 절반도 채 가기 전에 내 뒤에서 말이 따라오는 소리가 들렸다. 링고가 뒤따라오고 있음을 알았기에 나는 굳이 돌아보지 않았다. 링고는 사륜마차를 끄는 말 하나를 타고 내 옆으로 다가와서는 잠시 동안 나를 향해 반짝거리는 도전적인 붉은 두 눈을 굴리면서 잠깐 시무룩하고 결의에 찬 내 얼굴을 빤히 들여다보았다. 우리는 앞으로 계속 나아갔다. 이제 우리는 읍내에 들어섰다. 그늘진 가로(街路)가 광장으로 길게 쭉 뻗어 있었고, 그 끝자락에는 새로 지은 법원 건물이 서 있었다. 이제 11시였다. 아침때가 훨씬 지난 시간이었지만 아직 정오는 되지 않은 탓에 길거리에는 여자들밖에 없었다. 그들은 아마 내가 누구인지 알지 못했을 것이고, 적어도 다리에 눈이 달린 듯 갑자기 걸음을 멈추는 사람도 우리가 광장에 도착할 때까지는 없었다. 나는 이런 생각을 하고 있었다. '내가 그의 사무실 앞 계단에 이르러 그 계단을 올라가기 시작할 때까지 남들 눈에 띄지 않을 수 있으면 좋으련만.' 그러나 나는 그럴 수가 없었고, 실제로도 그렇지 않았다. 우리가 홀스턴 하우스[64]에 다가가니 갤러리 난간을 따라

---

64 옥스퍼드/제퍼슨에 있는 여관.

줄지어 있던 발들이 갑작스럽게 그리고 조용하게 내려오는 것이 보였다. 나는 그들을 쳐다보지도 않고 벳시를 멈춰 세운 다음, 링고가 내릴 때까지 기다린 뒤 말에서 내려 그에게 고삐를 건네주었다. "여기서 기다리고 있어." 내가 말했다.

"나도 함께 가겠어." 그는 그다지 크지 않은 목소리로 말했다. 우리는 그 자리에 서서 가만히 조심스럽게 쳐다보는 눈들 아래에서 마치 두 음모자처럼 서로 나지막하게 말을 건넸다. 그때 내 눈에 권총이 보였는데 그 윤곽이 그의 셔츠 안쪽으로 드러나 있었다. 아마 그럼비를 살해하던 날, 우리가 빼앗은 권총일 것이다.

"아니, 안 돼." 내가 대답했다.

"아냐, 나도 가겠어."

"아냐, 안 된다고." 나는 뜨거운 햇볕을 받으며 거리를 따라 걸어갔다. 이제는 정오가 가까워 오고 있었고, 내 웃옷에 꽂은 버베나 향기 말고는 아무런 냄새도 맡을 수 없었다. 마치 그 버베나 가지가 공중의 모든 일광을, 그 안에서는 추분이 나타날 것 같지 않고 그것을 증류하는, 강렬하게 부유하는 열기를 모두 흡수해 버리는 듯했다. 그래서 나는 담배 연기 속을 걸어가듯이 버베나 향기 속을 걷고 있는 것 같았다. 그때 조지 와이엇이 내 옆에 와 있었고(어디서 그가 나타났는지는 모른다.) 몇 미터 뒤에는 옛날 아버지의 부하였던 사내 대여섯 명이 그의 뒤에 서 있었다. 조지는 한 손으로 내 팔을 붙잡고 숨죽인 듯 갈망하는 시선들을 피해 나를 문간 안으로 끌고 갔다.

"그 데린저 권총은 갖고 있겠지?" 조지가 물었다.

"아뇨." 내가 대답했다.

"좋아." 조지가 말했다. "그건 아무래도 다루기 까다로운 권총이지. 대령님 말고는 그걸 제대로 다룰 수 있는 사람이 없었어. 나도 제대로 다뤄 보지 못했거든. 그러니 이걸 받게나. 오늘 아침 시험해 봤는데 아무런 이상이 없었어. 자, 여기." 그는 어느새 그 권총을 내 주머니 속에 더듬거리며 쑤셔 넣고 있었다. 그런데 그 순간, 어제 저녁 드루실라가 내 손에 키스했을 때와 같은 일이 그에게서도 일어나고 있는 것 같았다. 촉감 자체가 두뇌를 전혀 거치지 않고, 그가 가지고 살아온 단순한 생활신조에 직접 전달되는 그 무엇 말이다. 그래서 그는 권총을 손에 들고 갑자기 뒤로 물러서서 화가 난 창백한 눈으로 나를 응시하며 분노에 차 식식거리는 목소리로 나지막하게 말했다. "자네가 누군가? 자네 집안 이름이 사토리스라는 말인가? 제기랄, 자네가 놈을 죽이지 않으면 내가 죽일 거야." 지금 내가 느끼는 것은 숨 가쁜 심장의 고동이 아니라 웃고 싶은, 드루실라가 그랬던 것처럼 웃으며 이렇게 말하고 싶은 그런 끔찍한 욕망이었다. '그건 드루실라가 한 말입니다.' 그러나 나는 대신 이렇게 말했다.

"이 일은 제가 알아서 할 겁니다. 그러니 아저씨는 상관하지 마세요. 아무 도움도 필요 없으니까요." 그러자 그의 사나운 눈초리는 꼭 램프 불을 낮추듯 점차 누그러졌다.

"그렇다면 알겠네." 그는 권총을 도로 자기 주머니에 집어넣으면서 말했다. "미안하이. 자네는 존이 편안히 잠들지 못할 어떤 일도 하지 않으리라는 걸 내가 알았어야 했는데. 우린 자네를 따라가 계단 아래에서 기다리고 있겠어. 이것만은 잊지 말게. 그자는 용감한 사내야. 그렇지만 어제 아침부터 혼자서 저 사무실에 앉아 자네를 기다리고 있어. 그러니 신경이 날카롭겠지."

"네, 기억하겠습니다." 내가 대답했다. "제겐 아무 도움도 필요 없어요." 나는 걷기 시작했다. 바로 그때 아무런 예고도 없이 갑자기 나는 혼자서 이렇게 중얼거렸다. "핏기 띤 달은 싫습니다."

"지금 뭐라고 했나?" 와이엇이 물었다. 나는 그 물음에 대답하지 않았다. 뜨거운 햇살을 받으며 광장을 가로질러 갔고, 그들은 나를 따라왔지만 거리가 가깝지는 않았다. 그래서 내가 그들을 다시 본 것은, 여전히 나를 따르지 않는 멍하고 침착한 그들 시선에 포위당한 채, 가게 앞과 법원 건물에 이르는 문 주변 — 그들이 나를 기다리며 서 있는 곳 — 에서 내가 걸음을 멈췄을 때였다. 나는 강렬한 버베나 향기에 휩싸여 침착하게 조금씩 걸어갔다. 마침내 내 몸 위로 그림자가 드리웠다. 그래도 나는 걸음을 멈추지 않고 벽돌에 못으로 박아 놓은 '변호사 B. J. 레드먼드'라고 적힌 빛바랜 조그마한 간판을 한 번 쳐다보고서 계단을 올라가기 시작했다. 소송을 제기하려고 찾아오는 시골 사람들의 무거운 장화에 마구 긁히고, 담배를 씹고 내뱉은 침으로 물든[65] 나무 계단이었다. 나는 침침한 복도를 지나, 다시 '변호사 B. J. 레드먼드'라는 이름이 붙은 문으로 가서 노크를 한 번 하고 문을 열었다. 그는 책상 뒤에 앉아 있었다. 아버지보다는 그렇게 크지 않았지만 대부분의 시간을 앉아서 사람들 얘기나 들으며 보내기 때문에 아버지보다 뚱뚱했고 깔끔하게 면도한 채 새 와이셔츠를 입고 있었다. 변호사였지만 얼굴 생김새는 별로 변호사 같지 않았다. 몸집에 비

---

65 미국 남부 시골 농부들은 궐련이나 파이프 담배가 아닌, 씹는담배를 즐긴다. 길바닥과 건물 복도 등이 그들이 씹고 내뱉은 담배 찌꺼기로 지저분하다.

해 훨씬 여윈 얼굴, 최근 산뜻하게 면도한 피부 아래에는 긴장
과(또한 그랬다, 비극적이었다. 나는 지금도 알고 있다.) 피로가 서
려 있었다. 책상 위로 권총을 느슨하게 쥐고 있었지만 어떤 목
표물도 겨냥하지 않았다. 술 냄새는 나지 않았고, 그는 담배를
피우는 사람인데도 말쑥하게 정돈된 침침한 방 안에서는 담
배 냄새도 나지 않았다. 나는 걸음을 멈추지 않았다. 그를 향
해 조금씩 걸어갔다. 문에서 책상까지는 6미터가 조금 넘었지
만 나는 시간도 공간도 초월한 꿈과 같은 몽롱한 상태에서 걷
고 있는 듯했다. 그 걷는 단순한 행동은 그가 앉아서 차지하고
있는 공간보다 더 넓은 영역을 차지하는 것 같지 않았다. 우리
는 아무런 말도 하지 않았다. 두 사람이 말하면 무슨 말이 나
올지, 또 그 말이 아무런 의미도 없음을 잘 안다는 듯이. 그는
아마 이렇게 말했을 것이다. '방에서 나가, 베이어드. 나가라
고, 이 애송이야.' 이렇게 말하고 나서는 '자, 그럼 권총을 빼
보지. 그렇게 하도록 해 줄 테니.'라고 했을 것이다. 그런 말은
하나마나 했던 것이다. 그래서 우리는 아무 말도 하지 않았다.
다만 내가 계속 그를 향해 걸어가자 권총이 책상에서 올라왔
다. 나는 권총을 노려보았다. 원근법에 따라 내 쪽에서 멀어질
수록 가늘게 비낀 총신이 보였으며, 비록 그의 손은 떨리지 않
았지만 나를 맞히지 못하리라는 것을 알았다. 나는 그를 향해,
바위처럼 단단한 손에 쥐고 있는 권총을 향해 걸어갔다. 그러
나 총소리는 들리지 않았다. 아마 내게는 폭발음도 들리지 않
은 것 같다. 그러나 기름이 미끈거리는 그럼비의 남부 연방군
군복을 배경으로 피어오르던 것처럼 그의 흰 와이셔츠를 배경
으로 확 피어올랐던 오렌지 빛 불꽃을 나는 지금도 기억한다.
나는 아직 그 원근법에 따라 먼 부분일수록 가늘게 보이는 비

스듬한 권총의 총신을 지켜보고 있었지만 총구는 나를 겨누고 있지 않다는 사실을 알았고, 두 번째 오렌지 빛 섬광과 연기가 피어났지만 이번에도 탄환 소리는 귓가에 들리지 않았다. 그리고 나는 걸음을 멈췄다. 이제 일은 모두 끝난 것이다. 나는 권총이 덜컹 책상 위에 떨어지는 광경을 지켜보았다. 그가 권총을 내려놓더니 의자에 등을 대고 두 손을 책상 위에 올려놓는 모습이 보였다. 나는 그의 얼굴을 바라보았고, 호흡을 하려 해도 주위에 공기가 조금도 없어서 질식하는 고통이 과연 어떠한지 알 수 있었다. 그는 자리에서 일어나 발작 같은 동작으로 의자를 뒤로 밀쳤다. 이상하게 머리를 푹 수그리고 자리에서 일어났다. 한쪽으로 머리를 숙인 채 마치 앞을 못 보는 듯 앞쪽으로 한 손을 뻗치고, 혼자서 일어설 수 없는 것처럼 다른 손으로 책상을 짚고, 그는 몸을 돌려 벽으로 가로질러 갔다. 그는 여전히 고개를 한쪽으로 숙인 채 모자걸이에서 모자를 집어 들고, 한 손을 앞쪽으로 내밀어 벽을 짚고 더듬더듬 나를 지나쳐서 문 쪽으로 가더니 밖으로 나갔다. 그는 용감했다. 아무도 그 사실을 부정할 수 없었다. 그는 계단을 걸어 내려가서 조지 와이엇과 옛날 아버지의 부하였던 대여섯 명이 기다리고 있는 장소로, 그 밖에 다른 사람들이 달려가기 시작한 곳을 향해 걸어 나갔다. 이제는 모자를 쓰고 고개를 쳐들고(그들 말로는 누군가가 그에게 "그 아이도 죽었나요?" 하고 물었다는 것이다.) 그는 한마디 말도 없이 앞쪽을 똑바로 바라보고 그들을 등진 채, 막 도착한 남행 열차가 도착한 정거장으로 걸어 나갔다. 가방도 들지 않고 아무것도 들지 않은 채 제퍼슨으로부터, 미시시피주로부터 떠나 영원히 돌아오지 않았다.

그 사람들의 발소리가 처음에는 계단에서, 다음에는 복도에서 들리더니 방 안까지 들려왔다. 그러나 나는 얼마 동안(물론 그렇게 오랜 시간은 아니었다.) 그가 앉았던 것과 같이 그의 책상 뒤에 앉아 있었다. 권총의 납작한 자루는 아직도 따뜻했고, 권총을 쥐고 있는 내 손과 이마 사이의 팔이 천천히 무감각해져 갔다. 마침내 머리를 쳐들어 보니 그 조그마한 방은 사내들로 가득 차 있었다. "맙소사!" 와이엇이 소리를 질렀다. "자넨 놈에게서 권총을 빼앗고서도 놈을 명중시키지 못했군. 두 번이나 맞히지 못했어." 그러더니 그가 자신의 물음에 스스로 대답했다. ── 폭력에 대해서는 드루실라와 서로 마음이 통하는 데가 있었지만 조지의 경우에 폭력은 성격 판단의 실제 기준이었다. "아냐, 가만있자. 자넨 주머니칼도 없이 이곳에 걸어들어와서 놈이 두 번이나 실수를 하게 했군그래. 아, 맙소사!" 그는 돌아서서 소리쳤다. "자, 모두 나가게! 여, 화이트, 자넨 사토리스 댁으로 말을 타고 가서 집안 식구들에게 일이 다 끝났다고, 베이어드는 무사하다고 전하게. 어서 타고 가!" 이윽고 패거리는 방 안에서 나가 버렸다. 마침내 조지만이 홀로 남아서 사색적이기는 하지만 전혀 추론적이지 않은 창백하고 황량하고 쓸쓸한 눈길로 나를 쳐다보았다. "그렇지, 그러면 그렇지." 그가 말했다. "한잔하겠나?"

"아닙니다." 내가 말했다. "배가 고프네요. 아침에 한 숟가락도 들지 않았거든요."

"그렇겠군. 오늘 이런 일을 하려고 아침에 일어났다면 말이지. 자, 따라오게나. 우리 홀스턴 하우스로 가세."

"아뇨." 내가 말했다. "싫습니다. 그곳에는 가지 않겠어요."

"왜 안 간다는 건가? 자넨 수치스러운 일은 아무것도 하지 않았어. 물론 나라면 그러지 않았을 테지만. 어쨌든 난 놈에게 한 방 먹였을 거야. 그렇지만 그건 자네 방식이었어. 그렇지 않고서야 그렇게 행동하진 않았을 테지."

"네, 맞습니다." 내가 말했다. "저는 다시 해도 그럴 겁니다."

"빌어먹을, 난 그러지 않겠네. 나하고 같이 우리 집에 가지 않겠나? 우리 집에서 아침 먹고 말을 타고 가도 늦지 —"

그러나 나는 그렇게도 할 수 없었다.

"싫습니다." 내가 대답했다. "생각해 보니 배도 고프지 않아요. 집으로 가야겠어요."

"기다렸다가 나하고 같이 집으로 말을 타고 가고 싶지 않은 거지?"

"네, 전 혼자 가겠어요."

"어쨌든 자넨 여기에 있고 싶지 않은 거지." 와이엇은 다시 한번 방 안을 둘러보았다. 그곳에는 아직 화약 연기 냄새가 가시지 않은 채, 내향적이지 않은 사납고 창백한 두 눈을 조금 깜박인들 그의 눈에는 보이지 않지만 무덥고 무거운 공중 어디에 남아 있었다. "그래, 맞아." 그가 다시 말을 이었다. "어쩌면 자네 행동이 옳은지도 몰라. 자네 집안 사람들은 그동안 사람을 많이 죽였거든. 이번 일이 아니라도 — 자, 따라오게나."

우리는 사무실을 나섰다. 나는 계단 아래에서 기다렸고 곧 링고가 말을 끌고 나타났다. 우리는 다시 광장을 가로질러 갔다. 이제(벌써 12시, 정오였다.) 홀스턴 하우스의 난간에는 사람들의 발이 보이지 않았다. 그러나 사내 패거리가 그 문 앞에 서서 모자를 벗어 들었고, 나도 내 모자를 벗어 들어 답례한 뒤 링고와 나는 계속 말을 달렸다.

우리는 빨리 달리지 않았다. 곧 1시가 되었고, 어쩌면 그보다 조금 더 지났는지도 몰랐다. 사륜마차들과 경마차들이 머지않아 광장을 떠나기 시작할 터였다. 그래서 나는 목초지 끝에서 도로를 벗어나 암말 위에 앉은 채 내리지도 않고 목장 정문을 열려고 했다. 마침내 링고가 말에서 내려 정문을 열었다. 우리는 작열하는 햇살을 받으며 목장을 가로질러 갔다. 지금쯤이면 집이 보이겠지만 나는 쳐다보지 않았다. 마침내 우리는 그늘 속, 공기 없고 답답한 개울 밑바닥의 우거진 덩굴 그늘 속에 들어가 있었다. 우리가 북부인들의 노새들을 숨기려고 울타리를 만들었던 덩굴 숲속에는 아직도 낡은 울타리 기둥들이 박혀 있었다. 이어 물소리가 들리더니 다음에는 수면 위로 햇빛이 번쩍이는 것이 보였다. 나는 말에서 내렸다. 등을 대고 누워서 생각에 잠겼다. '다시 헐떡이고 싶다면 시작하라지.' 그러나 그것은 시작되지 않았다. 나는 잠이 들었다. 거의 생각을 멈추기도 전에 잠이 들고 말았다. 나는 거의 다섯 시간이나 자면서도 아무런 꿈도 꾸지 않았다. 그러나 울면서 잠에서 깨어났다. 멈출 수 없도록 크게 울어 대면서 말이다. 링고는 내 옆에 쭈그리고 앉아 있었고, 해는 떨어졌지만 어디선가 무슨 종류인지 새 한 마리가 아직 울어 대고 있었다. 북행 야간열차의 기적 소리가 들렸고, 분명히 신호 정거장[66]에서 멈췄다가 출발할 때 내는 짧게 끊어지는 기적 소리였다. 얼마 뒤 나는 울음을 그쳤고, 링고는 개울에서 모자에 물을 가득 담아 가지고 왔지만 나는 직접 물가로 내려가 얼굴을 닦았다.

목초지에서는 소쩍새가 울기 시작했지만 아직 빛이 꽤 많이 남아 있었다. 그러나 우리가 집에 도착했을 때는 매그놀리

---

66 승객이 있을 경우에만 깃발을 들어 세우는 간이 정거장.

아[67] 나무 위에서 앵무새가 울고 있었다. 밤에 그 울음소리는 졸린 듯하고 몽환적이었다. 또다시 달은 축축한 모래 위에 박힌 구두 뒤축의 가장자리 모양을 하고 있었다. 이제 복도에는 불이 하나밖에 켜져 있지 않았다. 내 웃옷에 꽂힌 버베나보다 정원에 핀 꽃들의 향기가 더 짙었지만 이제 그 일은 모두 끝난 것이다. 나는 지난밤 이후 아버지의 얼굴을 다시 들여다보지 않았다. 아침에 집을 떠날 때 들여다보려고 했지만 그러지 않았으며 다시는 아버지를 들여다보지 않았다. 우리가 가진 아버지 사진은 별로 소용이 없었다. 이 집 안에 아버지의 시체를 간직할 수 없는 것과 마찬가지로, 사진은 아버지의 죽은 얼굴을 간직할 수 없기 때문이었다. 그러나 내가 아버지를 다시 볼 필요가 없었던 까닭은, 아버지가 거기에, 늘 그 자리에 계실 것이기 때문이었다. 드루실라가 아버지의 꿈이라고 말한 것은 아마 그분이 소유했던 어떤 것이 아니라, 아버지가 우리에게 남겨 준 어떤 것, 우리가 영원히 잊지 못할 그 어떤 것이었는지도 모른다. 흑인이건 백인이건 우리가 두 눈을 감을 때면 언제나 우리 앞에 아버지의 신체적인 모습을 띨 그 무엇 말이다. 나는 집 안으로 들어갔다. 거실에는 불이 꺼져 있었다. 다만 제니 고모가 가져온 색유리 창을 끼운 서쪽 유리창을 통해 들어오는 마지막 잔광만이 남아 있었을 뿐이다. 2층으로 올라가려 할 때 고모가 창가에 앉아 있는 모습이 보였다. 고모는 나를 부르지 않았고, 나도 드루실라의 이름을 말하지 않았으며, 그저 문가로 다가가서 거기에 섰다. "그 여자는 떠났단다."

---

67 목련과 목련속의 나무. 미시시피주의 주목(州木)으로, 흔히 이 나무에서 우는 앵무새와 함께 미시시피주와 미국 남부를 상징한다.

제니 고모가 말했다. "야간열차를 타고 떠났어. 몽고메리[68]의 데니슨한테 돌아갔어." 데니는 결혼한 지 1년쯤 되었다. 지금 몽고메리에 살면서 법학을 공부하고 있었다.

"네, 그렇군요." 내가 말했다. "그럼 그 여자는 알지 못하—" 그러나 그런 것조차 물어볼 필요가 없었다. 제드 화이트가 1시 전에 도착해서 그들에게 소식을 전해 주었을 테니 말이다. 그럴뿐더러 제니 고모는 아무 대답도 하지 않았다. 고모는 거짓말을 해 줄 수도 있었겠지만 그러는 대신 이렇게 말했다.

"이리 오렴." 그래서 나는 고모가 앉아 있는 의자로 다가 갔다. "무릎을 꿇고 앉아. 얼굴이 잘 보이지 않는구나."

"램프를 켤까요?"

"아니, 무릎을 꿇고 앉아." 그래서 나는 의자 옆에 무릎을 꿇고 앉았다. "그래 넌 정말 멋진 토요일 오후를 보내지 않았니? 어디 그 얘기 좀 들려주렴." 그러고 나서 고모는 내 어깨 위에 두 손을 올려놓았다. 나는 그 손이 올라오는 모습을 지켜보았지만 고모는 그 손동작을 억제하려고 애쓰는 듯했다. 나는 어깨에 놓인 고모의 두 손을 느낄 수 있었다. 두 팔은 마치 다른 생명을 가지고 있어서, 고모가 나를 위해 막으려 하고 억제하려 하는 행동을 애써 시도하려는 것 같았다. 마침내 고모는 억누르던 것을 포기했다. 아니, 그럴 만한 힘이 없었는지도 모른다. 두 손을 위쪽으로 올리더니 내 얼굴 양쪽을 힘주어 꽉 붙잡았다. 그러다 갑자기 고모의 얼굴에는 드루실라가 웃고 있었을 때처럼 눈물이 쏟아져 나오더니 뺨을 타고 흘러내렸

---

68 앨라배마주 중부에 위치한 도시로, 이곳에 주립 대학이 있다.

다. "아, 저주받은 사토리스 집안 사람들!" 고모가 내뱉었다.
"저주받은 사람들! 저주받은 사람들!"

　내가 복도를 지나갈 때 식당에서 불빛이 새어 나왔으며,
루비니어가 저녁 식사를 준비하는 소리가 들렸다. 계단도 꽤
환했다. 그러나 2층 복도는 어두컴컴했다. 그 여자가 방문을
여는 모습이 보였다.(아무도 살지 않는 방의 문을 열어 놓을 때와 꼭
같은 방식이었다.) 그 여자가 정말 가 버렸다는 사실을 내가 믿
지 않았음을 나는 그제야 깨달았다. 그래서 나는 방 안을 들여
다보지 않았다. 내 방으로 가서 안으로 들어갔다. 잠깐 동안이
나마 나는 내가 여전히 맡고 있는 그 향기가 내 옷깃에 꽂힌
버베나 향기라고 생각했다. 방을 가로질러 가서 버베나가 놓
여 있는 베개를 내려다볼 때까지 그렇게 생각했다. 오직 그 꽃
가지 하나가(그 여자는 쳐다보지도 않고 대여섯 가지를 꺾곤 했는데
그 가지들은 마치 기계로 잘라 낸 듯 길이도 같고 모양도 거의 같았다.)
방 안이며 황혼이며 저녁을, 그녀가 말 냄새 속에서도 그것만
은 맡을 수 있다고 말했던 그 향기로 가득가득 채우고 있었다.

노벨 문학상 수상 연설문

이 상은 한 인간으로서의 저에게 준 것이 아니라 제가 쓴 작품 — 인간 영혼의 고뇌와 땀으로 쓴 필생의 작품에 준 것이라고 생각합니다. 이 상은 명예나, 더더욱 이익을 위해서 준 것이 아니라 인간 영혼이라는 재료를 사용하여 이제껏 존재하지 않은 그 무엇을 창조해 내도록 준 것입니다. 따라서 이 상은 단지 위탁의 형태로 저에게 맡겨 둔 것과 다름없습니다. 이 상을 제정한 원래의 목적과 의미에 부합하도록 이 상금의 일부를 기부할 곳을 찾기란 그렇게 힘든 일이 아닐 것입니다. 그러나 저는, 이 순간을 저처럼 힘들고 고통스러운 작업에 헌신하는 젊은 남녀 작가들에게 제 말을 들려줄 최상의 기회로 삼음으로써 여러분의 박수갈채에 답하고자 합니다. 이 젊은 작가들 중에는 언젠가 제가 지금 서 있는 바로 이 연단에 서게 될 사람이 이미 있을 겁니다.

오늘날 우리의 비극은 지금까지 너무나 오랫동안 견뎌 왔기 때문에 이제는 쉽게 참을 수 있게 된 일반적이고 보편적인 육체적 공포입니다. 이제 더 이상 영혼의 문제는 존재하지 않습니다. 언제 내가 폭파되어 버릴 것인가, 하는 한 가지 문제만 있을 뿐입니다. 바로 이런 이유 때문에 오늘날 작품을 쓰는 젊은 남녀 작가들은 서로 갈등을 일으키는 인간 마음의 여러 문제를 망각해 왔습니다. 그런데 이러한 문제만이 훌륭한 작품의 소재가 될 수 있습니다. 오로지 이러한 문제만이 작품으로 쓸 만한 가치가 있으며, 고뇌하고 땀을 흘릴 가치가 있기 때문입니다.

젊은 작가는 그러한 문제들을 다시 배우지 않으면 안 됩니다. 그는 이 세상에서 가장 비열한 것이 두려워하는 일이라는 사실을 스스로 깨달아야 합니다. 그리고 그것을 깨달았으면 그 공포감을 영원히 잊고 오로지 마음의 진리, 만약 그것이 없다면 어떤 작품도 일시적이고 실패하기 마련인, 바로 그 보편적인 옛 진리만을 — 사랑과 명예와 연민과 자긍심과 동정과 희생만을 — 염두에 두지 않으면 안 됩니다. 그러지 않는다면 그는 저주를 받고 글을 쓰는 것과 다름없습니다. 그는 사랑에 대해 쓰는 것이 아니라 육욕에 관해 쓰는 것이고, 어느 누구도 값진 것을 잃지 않게 되는 패배에 관해 쓰는 것이며, 희망도 없는 승리, 무엇보다도 연민이나 동정도 없는 승리에 관해 쓰는 것입니다. 그의 슬픔은 모든 사람의 골수에 사무치는 그런 슬픔이 아닙니다. 그는 마음에 대해 쓰는 것이 아니라 오직 말초 신경적인 분비 기관에 관해 글을 쓰는 것입니다.

젊은 작가는 이런 것들을 다시 배우기 전까지 마치 함께 서서 인간의 종말을 지켜보는 사람처럼 글을 쓰게 될 것입니다. 저는 인간의 종말을 받아들이지 않습니다. 인간이 오로지 견뎌 낼 수 있기 때문에 불멸의 존재라고 말하기는 매우 쉽습니다. 최후의 심판을 알리는 마지막 종소리가 높이 울려 마지막 붉은 석양에 움직이지 않고 걸린 저 마지막 쓸모없는 바윗덩어리로부터 사라질 바로 그 순간에도 여전히 한 목소리가, 지칠 줄 모르고 여전히 속삭이는 인간의 작은 목소리가 들리리라고 말하기란 매우 쉽습니다. 저는 이것을 받아들이지 않습니다. 저는 인간이 단순히 견뎌 내는 데 그치지 않고 승리하리라고 믿습니다. 인간이 불멸의 존재인 까닭은, 피조물 중에서 유일하게 지칠 줄 모르는 목소리를 가졌기 때문이 아니라 영혼, 연민하고 희생하고 인내할 수 있는 정신을 가지고 있기 때문입니다. 시인의 임무는, 그리고 작가의 임무는 바로 이런 것들에 대해 쓰는 것입니다. 인간의 마음을 고양함으로써, 인간이 과거 그의 영광으로 삼았던 용기와 명예와 희망과 자긍심과 연민과 동정과 희생을 그에게 상기시킴으로써 인간으로 하여금 견뎌 낼 수 있도록 도와주는 것이 작가의 특권입니다. 시인의 목소리가 단순히 인간을 기록하는 목소리일 필요는 없습니다. 그것은 바로 인간으로 하여금 견뎌 내고 승리할 수 있도록 도와주는 버팀목이나 기둥과 같은 목소리여야 합니다.

격동의 시대, 고뇌하는 인간

윌리엄 포크너에게 문학의 첫사랑은 소설이 아니라 시였다. 그는 모든 문학 장르 중에서 시를 가장 뛰어나고 엄격한 문학 형태, "감동적인 그 무엇, 절대적인 정수로 추출한 인간 조건의 열정적인 순간"으로 정의했다. 이렇게 시를 두고 "너무나 순수하고 너무나 신비스러운" 문학 형태로 간주한 포크너는 보편타당한 인간 경험을 표현하는 데 시만큼 안성맞춤인 문학 양식이 없다고 생각했다. 그러나 그는 무사(Mousa) 신(神)의 영감을 받지 못했다는 사실을 깨닫고는 시를 포기하고 소설 쪽으로 눈을 돌렸다. 이 점에 관하여 포크너는 1955년에《파리 리뷰》에 실릴 진 스타인과의 인터뷰에서 이렇게 밝혔다.

나는 실패한 시인입니다. 어쩌면 모든 소설가는 하나같이 처음에는 시를 쓰고 싶어 했는지 모릅니다. 그러나 자신에게 시를 쓸 능력이 없다는 사실을 깨닫고는 단편 소설에 손을 대지요. 단편 소설은 시 다음으로 가장 엄격한 문학 형태입니다. 그리고 단편 소설에도 실패하고 난 다음에야 비로소 그는 장편 소설을 쓰게 됩니다.

물론 포크너 특유의 아이러니를 생각해 보면 이 고백은 액면 그대로 받아들일 것이 못 될지도 모른다. 그러나 그가 기회가 닿을 때마다 일관성 있게 여러 번 이 말을 되풀이한 것을 보면 이 고백에는 어느 정도 진실이 담겨 있는 것 같다.

「가뭄이 든 9월」과 인종 차별

21세기에 들어와 그 힘이 조금 약해졌지만 '문화 연구'는 불과 몇 십 년 전만 해도 좁게는 문학 연구 분야, 넓게는 인문학 분야에서 그야말로 큰 힘을 떨쳤다. 1950년대 말과 1960년대 초 영국의 버밍엄 대학교를 중심으로 마르크스주의의 세례를 받은 젊은 연구가들이 처음 불을 댕긴 문화 연구는 산업 자본주의 사회의 특성으로 계급·인종·젠더에 따른 차별을 비롯하여 나이·종교·신체장애·성적 취향 등에 따른 차별을 꼽았다. 또한 문화 연구가들은 이러한 온갖 차별을 철폐함으로써 좀 더 평등한 사회를 구현하는 것을 문학 연구의 주요 목표로 삼았다. 문화 연구는 다분히 엘리트적이고 고답적인 전통적 연구 방법에서 눈을 돌리게 하는 한편, 고급문화 못지않게 대중문화 쪽으로도 관심을 기울이게 하는 데 크게 이바지했다.

그런데 포크너는 문화 연구가 본격적으로 대두하기 훨씬 전부터 단편 소설을 비롯한 작품에서 인종과 계급, 젠더 등에 따른 차별을 다루면서 이 문제에 적잖이 관심을 기울였다. 적어도 이 점에서 그는 가히 문화 연구가 다가올 길을 닦아 놓은 선각자라고 할 만하다. 포크너가 F. 스콧 피츠제럴드나 어니스트 헤밍웨이 같은 동시대의 다른 작가들보다 이렇게 일찍

산업 자본주의가 안고 있는 문제에 관심을 둔 것은 아마 그가 태어나서 자란 환경과 깊이 연관되어 있을 것이다. 미국의 오지 중에서도 오지라고 할 남부는 미국의 어느 지역보다도 인종과 계급과 성차에 따른 차별의 벽이 높았고, 그 때문에 크고 작은 사건이 자주 일어나서 심각한 사회 문제로 대두되었다.

포크너는 「가뭄이 든 9월」에서 인종 문제를 중심 주제로 다룬다. 인종 차별은 미국의 어느 지역보다도 미시시피주 같은 남부에서 두드러지게 드러난다. 포크너는 이렇게 인종 차별이 심한 남부 사회에서 흑인을 옹호했으며, 그 때문에 백인 사회로부터 '흑인 옹호자'라고 배척받기도 했다. 이 작품은 제목 그대로 두 달째 비가 내리지 않고 가뭄이 계속되던 어느 9월에 일어난 사건을 다룬다. 포크너는 이 작품을 "예순 날하고도 이틀 동안이나 비 한 방울 내리지 않아 핏빛으로 물든 9월 석양을 뚫고 소문이라고 할지, 이야기라고 할지 하는 것이 메마른 풀밭에 타오르는 들불처럼 번져 갔다."라는 문장으로 시작한다. 시간적 배경은 9월의 어느 토요일 저녁이고, 공간적 배경은 제퍼슨 골목에 자리 잡은 이발소다.

9월의 어느 토요일 이발소에 모인 읍네 주민들은 백인 여성 미스 미니 쿠퍼가 윌 메이스라는 중년의 흑인 남성에게 강간당했다는 소문을 화제로 이야기를 나눈다. 미니는 서른여덟 살이나 서른아홉 살쯤 되는 미혼 여성이다. 그러나 이발소에 모여 있는 사람 중 누구도 사건의 진상을 정확히 알지 못한다. 이발사는 한 손님에게 면도를 해 주면서 "윌 메이슨은 내가 알거든. 그 친구는 착한 흑인이야. 그리고 난 미스 미니 쿠퍼도 알지."라고 말한다. 그러자 잭 버처라는 한 젊은 손님이 이발사를 '흑인애인(niggerlover)'이라고 부른다. '흑인애인'이란 미국 남부 지방에서 흔히 흑인을 옹호하는 백인을 경멸적으로 일컫는 용어다. 미국 북부에 사는 사람들을 경멸적으로 '양키'라고 부르는 것과 같은 뉘앙스를 풍기는 말이다. 젊은 손님은 사정을 좀 더 알아보아야 한다고 말하는 다른 손님에게도 "흑인 놈이 백인 여자를 범했는데 무언가로 용서받을 수 있다고 주장하는 건가요? 그러고도 당신이 백인이고, 또 백인의 가치를 지지한다는 말인가요? 당신은 고향 북부로 돌아가는 게 좋을 거요. 이곳 남부에서는 당신 같은 사람은 필요 없으니까."라고 내뱉는다. 두 번째 손님은 북부가 아니라 바로 이 제퍼슨에서 태어난 사람인데도 남부의 가치관에 어긋나는 가치관을 주장하기 때문에 그렇게 '북부인'이라고 부르는 것이다.

이렇듯 포크너가 「가뭄이 든 9월」에서 다루는 핵심적 주제 중 하나는 뭐니 뭐니 해도 미국 남부에 만연해 있는 인종 차별 문제다. 남북 전쟁(1861~1865)이 북부의 승리로 끝나고 흑인 노예 제도가 공식적으로 폐지되었지만, 남부 지방에서는 여전히 흑인에 대한 차별이 적지 않았다. 말하자면 흑인들은 서류상으로만 노예의 신분에서 해방되었을 뿐 여전히 노예 상태로 남아 있는 것과 다름없었다. 「가뭄이 든 9월」에서도 제퍼슨 주민들에게는 사건의 진상이 아니라 흑인 남성이 백인 여성을 강간했다는 소문이 나돈다는 사실이 중요하다. 어쩌면 백인들에게 사건의 진상은 오히려 '불편한 진실'일지도 모른다. 바로 그때 이발소의 방충망이 요란하게 열리면서 프랑스 전선에서 병사들을 지휘하고 영웅 훈장을 받은 매클렌던이라는 백인 사내가 나타나며 사건은 걷잡을 수 없이 진행한다.

매클렌던은 몇몇 백인 우월주의를 굳게 믿는 주민들과 함께 윌 메이스가 일하는 읍내 얼음 공장을 찾아가 그를 납치하여 린치, 즉 사형(私刑)을 가한다. 이 무렵 남부 사회에서 사형은 백인들이 법의 정당한 절차를 거치지 않고 흑인들에게 가하는 공공연한 처벌 방식이었다. 소문이 퍼졌는지 제퍼슨 광장에는 흑인이 한 사람도 보이지 않는다. 그만큼 흑인들은 백인 중심의 남부 사회에서 사회적 약자로서 숨죽이고 살아간다.

「헛간, 불태우다」와 계급 차별

「가뭄이 든 9월」에서 인종 차별 문제에 무게를 둔다면 「헛간, 불태우다」에서 포크너는 사회적 계급에 따른 차별 문제에 무게를 싣는다. 언뜻 보면 이 작품은 가족이나 가문에 충성할 것이냐, 아니면 법과 국가에 충성할 것이냐를 두고 겪는 갈등을 다루는 것 같다. 실제로 포크너는 이 작품을 집필하면서 "피는 물보다 진하다."라는 보편적인 주제를 염두에 두었다. 미국의 어느 지역보다도 미시시피주 같은 남부 지방에서는 전통에 기반을 둔 혈족의 유대 관계가 강했다. 따라서 이 무렵 남부에서는 가족이나 가문 또는 혈족에 대한 충성심이 그 어떤 가치보다도 소중히 여겨졌다. 혈족의 유대와 가문에 대한 충성심은 법이나 정의보다 우위에 있었다.

「헛간, 불태우다」는 스놉스 집안의 가장 애브너가 해리스라는 농장주의 헛간에 불을 지른 혐의로 재판을 받는 장면으로 시작한다. 원제의 'barn'을 '헛간'으로 옮겼지만 미국 남부 지방에서 '헛간'은 한국의 농가에서 흔히 볼 수 있는 헛간과는 다르다. 그곳에서 '헛간'이라고 하면 곡물, 가축, 농기구 등을 보관하는 창고로 그 규모가 소작으로 살아가는 '가난한 백인들'의 집보다 더 큰 경우도 많다. 그러므로 농장주의 헛간에 불을 지른다는 것은 그곳에 보관된 곡물을 비롯하여 가축과 농기구 등 많은 재산에 피해를 주는 엄청난 범법 행위다.

스놉스는 치안 판사로부터 증거 부족으로 무죄 판결을 받지만 이 마을을 영원히 떠나라는 명령을 받는다. 길을 걷던 중 스놉스 집안의 작은아들 사토리스는 한 마을 소년으로부터 "헛간에 불을 지른 놈!"이라는 말을 듣자 곧바로 그에게 달려들다가 얻어맞는다. 얼굴에 말라붙은 핏자국은, 말하자면 그에게는 가족의 명예를 지킨 자긍심의 상징과 다름없다. 마차로 돌아온 애브너 스놉스는 사토리스의 옆머리를 손바닥으로 세게 때린다. 그러면서 그는 겨우 열 살밖에 되지 않은 아들에게 "넌 곧 어른이 될 거야. 그러니 배워야 한다. 네 혈육을 어떻게 지켜야 하는지 배워야 한다는 말이다. 그걸 배우지 못하면 혈육은 결코 너를 지켜 줄 수 없어. 오늘 아침에 그곳에 있던 인간들 중 어느 한 사람이라도 너를 지켜 줄 것 같으냐?"라고 묻는다. 한편 이 작품의 화자는 "뒷날, 그러니까 20년쯤 뒤 소년은 혼잣말로 이렇게 중얼거리게 될 것이다. '만약 내가 그 사람들이 원하는 건 진실과 정의뿐이었다고 말했다면, 아버지는 나를 다시 한번 때렸을 테지.'"라고 말한다. 그때 사토리스는 아버지의 말에 아무런 대꾸도 하지 않으며, 또한 울음을 터뜨리지도 않는다. 다만 매를 맞으며 그대로 서 있다가 아버지가 다시 다그치자 "그래요, 아버지 말이 맞아요."라고 조그마한 목소리로 중얼거릴 뿐이다.

작품의 마지막 장면에서 사토리스 스놉스는 한밤중에 또 다른 농장주 드스페인의 저택으로 달려가 자기 아버지가 농장의 헛간에 불을 지르려 한다고 알린 뒤 숲속으로 달려간다. 산마루에 앉아 농장주가 자기 아버지를 향해 쏜 총 소리를 들으며 사토리스는 '아버지! 우리 아버지!'라고 생각하다가 갑자기 큰 소리로 "그분은 용감했어! (……) 그분은 용감했어! 그분은 전쟁에서 싸운 용사였지! 사토리스 대령 휘하에 있었거든!"이라고 외친다. 그러고 보니 포크너의 주제는 유교 사회에서 임금을 하늘처럼 떠받들며 충군(忠君)을 할 것이냐, 아니면 자기를 낳아 준 부모에게 효도를 다하며 충효(忠孝)를 할 것이냐를 두고 갈등을 겪는 것과 비슷하다.

그러나 포크너가 「헛간, 불태우다」에서 다루는 주제는 문화 연구에서 주목하는 계급에 따른 차별 문제다. 작품 첫 부분부터 작가는 농장주와 소작농, 유산자와 무산자 사이의 긴장과 갈등에 관심을 기울인다. 재판 장면에서 존 사토리스는 치안 판사와 원고인 해리스, 그리고 피고인 아버지가 앉아 있는 모습을 바라본다. 소년은 아버지를 고소한 해리스를 '아버지의 원수'라고 부른다. 그러면서 소년은 절망을 느끼며 마음속으로 '우리 원수인 거지. (……) 우리 원수고말고! 내 원수면서 동시에 그의 원수지! 저 사람은 내 아버지니까!'라고 생각한다. 첫 단락에서 이 소설의 화자는 '원수'라는 단어를 마치 무슨 주문(呪文)을 외우듯 무려 여섯 번이나 되풀이한다. 이렇듯 나이 어린 소년의 눈에도 소작농을 착취하는 농장주는 한낱 타도해야 할 '원수'에 지나지 않는다. 여기서 화자가 원수를 언급하면서 '우리'라는 1인칭 복수 대명사를 사용한다는 점을 주목할 필요가 있다. 영어의 'us guy'와 'them guy'라는 표현에서 볼 수 있듯이 '우리'는 '그들'과 대립하는 개념으로 흔히 사용된다. '우리'는 타자(他者), 사회적 약자, 무산자 등을 가리키지만, '그들'은 동일자(同一者), 사회적 강자, 유산자 등을 가리킨다.

「헛간, 불태우다」에서 스놉스 집안과 해리스 사이의 긴장과 갈등은 이제 스놉스 집안과 또 다른 농장주 드스페인 소령과의 긴장과 갈등으로 이어진다. 농장주를 만나러 그의 저택을 방문한 스놉스는 흑인 하인으로부터 신발을 닦고 들어오라는 말을 무시한 채 거실에 들어가 프랑스에서 들여온 백 달러짜리 값비싼 새 양탄자를 더럽힌다. 스놉스가 거실에서 나가자 뒤로 문이 닫히면서 집 안에서 발작적인 여자의 외침 소리가 희미하게 들려왔다고 말하는 것을 보면 드스페인의 아내는 소작인의 행동에 경악을 금치 못하는 듯하다. 스놉스의 행동은 땅을 빌려 농사짓는 소작인으로서는 감히 할 수 없는 것으로 다분히 의도적이다. 저택에서 나와 동행한 아들 사토리스에게 하는 말을 보면 더더욱 그러하다.

〔스놉스는〕뻣뻣한 발로 버티고 서서 잠깐 저택을 돌아다보았다. "희고 멋지지 않냐?" 그가 말했다. "저건 땀이다. 검둥이들의 땀이라는 말이야. 어쩌면 그 사람 마음에 흡족할 만큼 아직은 아주 희지 않을지도 모르겠다만. 거기에다 흰 땀까지 섞고 싶어 할지도 모르지."

이 말에서 스놉스가 드스페인 소령을 비롯한 농장주들에게 얼마나 큰 적의를 품고 있는지 잘 알 수 있다. 희고 웅장한 저택은 다름 아닌 '흑인의 땀', 즉 흑인 노동의 대가로 세워졌다는 것이다. 저택이 '아직은 아주 희지 않을지도' 모른다는 말은 흑인 노동의 착취가 아직 만족스럽게 이루어지지 않았다는 말이다. 다시 말해 흑인 노동 착취가 심하면 심할수록 백인 농장주의 저택 색깔은 더더욱 희어질 것이다. 그러면서 스놉스는 아들에게 드스페인 소령이 어쩌면 '흰 땀'까지 섞고 싶어 할지 모르겠다고 말한다. 여기서 '흰 땀'이란 두말할 나위 없이 자신 같은 백인 소작인들의 노동을 말한다. 여기서 스놉스는 드스페인의 저택을 두고 땀의 결과라고 말하지만 그것은 비단 땀뿐만 아니라 '피'와 '눈물'의 결과이기도 할 터다.

이렇게 부의 상징이라 할 값비싼 양탄자를 더럽힌 것이 문제가 되어 스놉스와 농장주의 갈등이 빚어진다. 드스페인 소령은 양탄자를 마차에 싣고 와 세탁하라고 요구하고, 스놉스는 딸들이 양잿물로 닦은 양탄자에 돌멩이로 일부러 길쭉한 자국을 낸다. 이러한 양탄자 상태에 만족할 수 없는 소령이 수확기에 곡물로 양탄자 값을 받겠다고 하면서 농장주와 소작인의 갈등은 고조에 달한다. 드스페인 소령의 말을 옆에서 듣고 있던 사토리스는 마음속으로 '어쩌면 그 사람은 옥수수 550킬로그램을 받지 못하게 될지도 몰라. 어쩌면 그 돈이 모두 합산되고 청산되어 사라질지도 몰라. 옥수수도, 양탄자도, 불도. 공포와 비애가 마치 한 조(組)를 이룬 두 마리 말 사이에서처럼 두 갈래로 끌려갈지도 몰라. 그래서 영원히 사라져 버리는 거지.'라고 생각한다. 아니나 다를까 스놉스는 예전에 그랬던 대로 농장주의 헛간에 불을 지르기로 마음먹는다. 이를 눈치챈 사토리스는 농장주의 저택으로 달려가서 드스페인에게 아버지의 방화 계획을 전하고 숲속으로 사라진다.

작품의 마지막 장면에서 드스페인 소령에게 아버지의 방

화 계획을 전하는 것을 보면 사토리스는 아버지가 말한 혈육의 가치보다 사회 질서나 정의, 법의 가치를 중요시하는 것 같다. 이러한 사회 규범이 가족이나 혈통의 유대 관계보다 더 소중하다는 사실을 깨닫는다. 불과 며칠 동안 일어난 일이지만 사토리스는 식구들을 따라 해리스 농장에서 드스페인 농장으로 옮겨 오면서 가치관의 커다란 변화를 겪는다. 적어도 이 점에서 보면 이 작품은 빌둥스로만(Bildungsroman, 성장 소설)의 관점에서 읽어도 크게 무리가 없을 것이다. 사토리스가 마지막 장면에서 보여 주는 행동은 영혼의 개안(開眼)이요, 정신적 성장으로 볼 수 있기 때문이다.

「버베나 향기」와 성차별 문제

「헛간, 불태우다」에서 사회 계급에 따른 차별 문제를 중심 주제로 다룬다면 「버베나 향기」에서 포크너는 성(性)과 관련한 차별 문제를 핵심 주제로 다룬다. 그는 「버베나 향기」를 잡지에 발표하지 않고 『정복되지 않는 사람들』(1938)에 처음 수록했다. 단편집과 장편 소설의 중간 형태에 속하는 이 책은 남북 전쟁을 다룬 일곱 편의 작품을 한데 모아 놓은 것이다. 이 책의 맨 마지막에 실린 작품이 바로 「버베나 향기」다.

페미니스트를 비롯한 문학 이론가들은 '섹스'와 '젠더'를 엄격히 구분하여 사용한다. 전자는 생물학적 성을 가리키는 반면, 후자는 사회-문화적 성을 가리킨다. 타고난 생물학적 성은 인간의 힘으로 어찌할 수 없지만 후천적으로 습득한 사회-문화적 성은 얼마든지 바꿀 수 있다. 페미니즘 이론가들이 문제 삼는 것은 섹스가 아니라 어디까지나 젠더다. 가령 서구 문학을 대표하는 윌리엄 셰익스피어는 『햄릿』에서 주인공 햄릿의 입을 빌려 "약한 자여, 그대의 이름은 여자로다!"(1막 2장)라고 말한다. 이는 젠더의 관점에서 보면 모든 여성이란 하나같이 힘이 없고 연약하므로 가부장 질서의 도움이 없다면 자기를 지탱할 수 없는 존재라고, 가부장제의 가치를 은근히 세뇌하는 말이다.

「버베나 향기」는 남북 전쟁이 북부의 승리로 끝나고 연방 군대가 남부를 복구하던, 이른바 '재건 시대'를 배경으로 한다. 전쟁이 종결된 1865년부터 1877년까지 연방 정부는 전쟁으로 초토화된 남부를 어떻게 재건할지, 해방된 과거의 흑인 노예들을 어떻게 자립시키고 그들에게 공민권을 부여할지, 연방으로부터 탈퇴했던 남부 연합의 각 주들을 어떤 방식으로 다시 연방에 가입시킬지 고민했다. 이 작품은 남북 전쟁이 끝나고 4년이 지난 무렵, 소년티를 벗지 못하던 베이어드 사토리스가 이제 스무 살이 넘어 미시시피 대학교에서 법률을 전공하는 장면으로 시작한다. 저녁 식사를 마치고 막 책을 펼친 그는 어릴 때부터 형제처럼 함께 지낸 흑인 청년 링고로부터 아버지가 한때 철도 부설 사업 동업자였지만 지금은 정적(政敵)이 된 벤 레드먼드의 총에 맞아 사망했다는 소식을 전해 듣는다. 말을 빌려 타고 서둘러 집으로 향하는 동안 베이어드의 머릿속에는 아버지가 남북 전쟁 중 보여 준 용맹과 전쟁 뒤 철도 건설을 비롯해 지역 사회를 위해 노력하던 일 등이 주마등처럼 떠오른다. 더구나 베이어드의 뇌리에는 아버지에 대한 추억과 함께 어머니가 사망한 뒤 아버지와 결혼한 먼 친척 드루실라의 모습도 떠오른다.

「버베나 향기」는 남북 전쟁 중에 일어난 일련의 극적인 사건을 소재로 삼지만 포크너는 젠더 문제를 핵심 주제 가운데 하나로 다룬다. 전통적으로 미국 남부에서는 '남부 벨(Soutehrn Belle)'이니 '남부 귀부인(Southern Lady)'이라고 하여 미국의 다른 지역들과 달리 여성을 여간 우대한 것이 아니었다. 그곳에서 여성은 남성과 역할 면에서 엄격히 구분될 뿐 아니라 남성으로부터 존중을 받기 마련이었다. 맵시 있게 옷을 입고 우아한 자태로 여성스러움을 한껏 자랑하지만 용기가 필요할 때는 용감하게 행동하기도 한다. 또한 불행과 시련이 닥쳐도 좌절하지 않고 의연하게 대처하는 것도 남부 여성의 특징이다. 『바람과 함께 사라지다』에 등장하는 여성 중에서 실례를 찾는다면 아마 멜러니 윌크스가 남부 여성상에 가장 가까울 것이다. 남부 여성 하면 흔히 스칼릿 오하라를 떠올리기 쉽지만 그녀는 전통적 남부 여성상의 이미지에서는 조금 비켜나 있다.

「버베나 향기」에 등장하는 드루실라는 여러모로 멜러니보다는 스칼릿에 더 가까운 여성으로 전통적 남부 여성상과는 거리가 멀다. 드루실라한테서는 남부 여성에게 보이는 우아하고 세련된 특징을 좀처럼 찾아볼 수 없다.

그리고 제니 고모가 우리한테 와서 함께 살고 있었고, 우리는 정원을 만들어 그 여자가 머리에 꽃을 버베나 가지를 꺾게 되었다. (드루실라는 아버지처럼 꽃에 관심이 없었고, 4년이 지난 지금도 남장을 하고 아버지 휘하의 어떤 병사보다도 머리를 짧게 깎고 조지아주와 두 캐롤라이나주를 횡단해서 서면 군대 전선을 상대로 싸우던 전쟁의 마지막 해처럼 아직도 그런 모습을 하고 숨을 쉬며 살아가고 있었다.)

그 여자가 머리에 버베나를 꽂는 까닭은 오직 그 냄새만이 군마와 용감한 전투의 피비린내를 압도할 수 있으며 오직 그 꽃만이 머리에 꽂을 만한 가치가 있다고 생각하기 때문이다.

드루실라가 머리에 늘 꽂고 다니는 버베나는 과연 어떤 식물일까? 그것은 마편초(馬鞭草)과에 속하는 한해살이풀 또는 여러해살이풀로 학명은 "Verbena hybrida"다. 열대와 아열대 아메리카에 200여 종이 분포한다. 꺼져 가는 사랑에 다시 불을 붙이는 마법의 힘이 있다고 믿는 프랑스 프로방스에서는 버베나를 '마법의 허브' 또는 '사랑을 부르는 향기'라고 부른다. 드루실라가 버베나 가지를 꽂는 것을 여성적인 행위로 생각하기 쉽지만 실제로 이는 여성성과는 다소 거리가 멀다. 베이어드의 말대로 그녀는 사토리스 대령처럼 꽃 같은 것에는 별로 관심이 없다.

그렇다면 그녀는 왜 굳이 버베나 가지로 머리를 장식할까? 이 질문에 대한 답은 위 인용문 마지막 부분에 있다. 그녀는 "오직 그 냄새만이 군마와 용감한 전투의 피비린내를 압도할 수 있"다고 생각하기 때문이다. 사실 버베나는 장미나 치자나무와는 달라서 향기가 없는 식물이다. 그런데도 포크너가 이렇게 굳이 버베나 가지를 언급하는 이유는 그 상징성 때문이다. 드루실라가 여러 꽃 중에서도 "오직 그 꽃만이 머리에 꽂을 만한 가치가 있다."라고 생각하는 점을 눈여겨보아야 한다. 고대 로마 시대에 버베나는 전쟁의 신 마르스를 찬양하는 종교 의식에 주로 사용되었다. 로마인들은 버베나 가지로 장식한 창을 적군의 영토에 갖다 놓음으로써 전쟁을 선포했다. 한편 버베나는 평화를 상징하는 식물이기도 했다. 그래서 상대편에 화해를 요청하러 가는 전령은 몸에 버베나 가지를 부착했다. 드루실라가 버베나 가지로 머리를 장식하는 것은 여성성의 강조가 아니라 어디까지나 전쟁과 관련이 있다.

드루실라는 남북 전쟁 4년 동안 일반 병사처럼 남장을 하고 있었으며 전쟁이 끝난 지금도 여전히 그런 차림을 하고 있다. 또한 사토리스 대령 휘하의 어떤 병사보다도 머리를 짧게 깎았고, 그러한 헤어스타일은 지금도 마찬가지다. 그러나 사내처럼 짧게 깎은 머리는 비록 여성이지만 자신이 일반 병사와 다르지 않음을 보여 주기 위한 것이었다. 드루실라는 이렇게 남장에 짧은 머리를 하고 전쟁의 주요 전선이었던 조지아주와 두 캐롤라이나주를 누비며 윌리엄 셔먼 장군이 이끈 북군에 맞서 용감하게 싸웠다.

더구나 포크너는 드루실라가 베이어드에게 근친애(近親愛)의 감정을 느끼는 것으로 묘사한다. 이 두 사람은 여덟 살 차이밖에 나지 않지만 사종(四從) 사이다. 사종은 촌수로 10촌에 해당한다. 비록 촌수가 10촌이고 양아들과 양어머니 관계라고는 하지만 남부의 엄격한 가족 제도의 기준에 따르면 이 두 사람도 엄연한 모자 관계다. 그래서 이 인물이 서로에게 모자 관계 이상의 애정을 느끼는 일은 금기시될 수밖에 없다. 어쩌면 이들의 관계 또한 넓은 의미에서 성 담론에 속할 수 있으리라.

물론 포크너는 드러내 놓고 근친애를 말하지는 않는다. 그러나 은근히 암시적으로 말하기 때문에 독자들은 더욱더 그것을 강하게 느낄 수 있다. 어느 날 저녁 드루실라가 베이어드와 함께 남편이 철도 건설 현장에서 돌아오기를 기다리는 장면은 이러한 감정을 보여 주는 좋은 예다.

다만 내가 알았던 것은, 그 여자가 전에 없이 그런 눈초리로 나를 처다보고 있었다는 사실, 그리고 그녀 머리에 꽂힌 버베나의 향기가 백배나 증가하고 백배나 강력해졌으며, 황혼 속에서 사방으로 퍼져 있었다는 사실이다. 그 황혼 속에서 전에 내가 한 번도 꿈꾸지 못한 어떤 일이 일어나려 하고 있었다. 그때 그 여자가 말했다. "내게 키스해 줘, 베이어드."

"안 돼요! 아버지의 아내잖아요."

드루실라는 왜 "전에 없이 그런 눈초리로" 베이어드를 처다보았을까? 왜 그녀 머리에 꽂힌 버베나의 향기가 그날따라 전보다 훨씬 강렬하게 사방에 퍼져 있을까? 베이어드는 왜 황혼 속에서 전에는 일찍이 "한 번도 꿈꾸지 못한 어떤 일이 일어나려" 한다고 생각했을까? 그리고 드루실라는 왜 베이어드에게 키스를 해 달라고 요구하는가? 이 모든 질문에 대한 답은 그녀가 베이어드에게 근친애의 감정을 느끼고 있다는 사실에서 찾을 수밖에 없다. 금기를 깨뜨리는 이러한 요구에 오히려 베이어드는 그녀가 아버지의 아내, 즉 자기의 어머니이기 때문에 키스할 수 없다고 거절한다. 그러나 드루실라는 허리를 굽히며 세 번이나 거듭 키스해 달라고 요구한다. 마침내 그가 드루실라를 포옹하자 그녀는 마치 말을 다루듯 그의 얼굴을 자기 얼굴에 갖다 댄다. 베이어드는 "바로 그때 나는 예로부터 영원한 사탄의 상징인 그 서른 살의 여성, 그리고 그런 여성에 관해서 글을 써 온 남성들을 생각하고 있었다."라고 말한다. 즉 자기가 마음먹은 것을 할 수 있는 사람들은 행동으로 옮기지만, 자기가 마음먹은 것을 할 수 없는 사람들은 글을 쓴다는 것이다. 전통적인 남부 여성상에서 크게 어긋나는 드루실라의 이러한 행동은 베이어드를 거세함으로써 젠더 역할을 뒤집어 놓는다.

물론 포크너는 「버베나 향기」에서 근친애 같은 성 문제 말고도 좀 더 보편적인 주제를 다룬다. 그중에서도 한 개인이 사회적 관습이나 의무, 자기 정체성이나 자유 사이에서 느끼는 긴장과 갈등을 둘러싼 문제는 첫손가락에 꼽힌다. 아버지가 정적에게 살해당한 사건에 대해 제퍼슨 사회는 마땅히 아들에게 복수하기를 요구한다. 링고로부터 소식을 듣고 집을 향하려 할 때 윌킨스 교수는 "베이어드. 베이어드. 내 아들, 내 사랑하는 아들."이라고 말하면서 권총을 손에 쥐여 준다. 대학에서 법률을 가르치는 교수인데도 그는 베이어드에게 아버지의 복수를 하라고 무언의 압력을 가한다. 전쟁 중 사토리스 대령 밑에서 싸우던 조지 와이엇 일행도 집으로 찾아와서 베이어드에게 아버지를 살해한 레드먼드에게 복수할 것을 요구한다.

그러나 베이어드에게 누구보다도 큰 압력을 행사하는 사람은 역시 드루실라다. 그녀는 베이어드에게 바싹 다가가 마주 보고 서서 결투용 권총 두 자루를 한 손에 하나씩 쥐고 손을 뻗는다. 그러면서 그녀는 어느새 그 권총들을 그의 손에 쥐여 주고 "정열적이고 지칠 줄 모르는 환희에 차서" 그를 지켜본다. 드루실라가 베이어드에게 "사람들이 오직 하느님에게만 속한다고 말하는 것"을 건네준다고 말하는 부분을 주목해 볼 필요가 있다. 신약 성경 「로마서」에서는 사도 바울이 "친애하는 여러분, 여러분 자신이 복수할 생각을 하지 말고 하느님의 진노에 맡기십시오. 성서에도 '원수 갚는 것은 내가 할 일이니 내가 갚아 주겠다.' 하신 주님의 말씀이 있습니다."(「로

마서」 12장 19절)라고 말하는 구절이 나온다. 바울이 '로마인들에게 보낸 편지'에서 인용하는 성서 구절의 출처는 구약 성경 「신명기」 32장 35절이다. 그런가 하면 베이어드는 윌킨스 교수 부인이 자기에게 "칼로 사는 자는 칼로 말미암아 죽으리라."라는 성경 구절을 말하는 것 같다고 생각한다. 이 구절은 신약 성경의 "이에 예수께서 이르시되 네 칼을 도로 칼집에 꽂으라. 칼을 가지는 자는 다 칼로 망하느니라."(「마태복음」 26장 52절)라는 말에서 요점만 간추린 것이다.

집에 도착한 이튿날 베이어드는 제퍼슨 광장에 있는 레드먼드의 변호사 사무실로 찾아간다. 그러나 그가 권총도 소지하지 않고 찾아가는 모습을 보면 그에게는 처음부터 레드먼드를 단죄할 생각이 없었음이 틀림없다. 전날 밤 베이어드가 제니 고모에게 "전 자존심을 지키며 살아갈 겁니다."라고 말한 것이 이 점을 뒷받침한다. 여기서 '자존심'은 살해당한 아버지의 죽음을 복수하는 데서 오는 자존심이 아니라 사회적 관습이나 규범에 따르는 대신 자신의 개인적 가치관에 따라 행동할 때 오는 자존심을 말한다. 칼로 살아가는 사람은 반드시 칼로 망하듯이 복수로 살아가는 사람도 복수를 당하기 마련이다. 적어도 이 점에서 베이어드는, 좁게는 제퍼슨 사회, 넓게는 남부 사회에서 그동안 불문율처럼 지켜온 관습이나 규범을 과감하게 넘어서면서 새로운 가치 체계를 세우는 것이다.

레드먼드를 찾아가기 전날 밤 제니 고모에게 말한 것처럼 베이어드는 앞으로 '자존심을 지키며 살아가기로' 결심한다. 새로운 술은 새로운 부대에 담아야 하듯이 내전 후의 새로운 세대에게는 사토리스 대령이나 와이엇 같은 기성세대와는 다른 새로운 삶의 방식과 규범을 모색해야 할 임무가 있다. 그리고 그러한 모색의 선두에 선 사람이 바로 베이어드 사토리스다.

「에밀리에게 장미를」과 교차적 차별

위에 언급한 인종, 계급, 성차에 따른 차별이 어느 한 영역에서만 독립적으로 일어나는 경우는 거의 없다. 오히려 두 영역 이상에서 교차적으로 함께 일어나는 경우가 많다. 가령 미국에 사는 평범한 흑인 여성을 생각해 보자. 더러 예외가 없는 것은 아니지만 보통 흑인 여성은 인종에 따른 차별뿐만 아니라 성에 따른 차별과 계급에 따른 차별 등을 동시에 받기 마련이다. 흑인 여성은 백인 중심주의와 남성 중심주의의 희생자일뿐더러 사회적 지위나 신분 또는 재산에 따른 차별을 받는다. 1989년 흑인 페미니즘 이론가 킴벌리 크렌쇼는 이러한 현상을 지적하기 위해 '교차성(intersectionality)'이라는 용어를 만들어 냈다. 포크너의 「에밀리에게 장미를」은 이러한 교차적 차별을 보여 주는 좋은 작품으로 꼽을 만하다.

포크너는 「에밀리에게 장미를」을 1930년 《포럼》에 처음 발표한 뒤 이듬해 첫 단편집 『이 13편』에 수록했다. 그가 미국 전역에 걸쳐 이름 있는 잡지에 단편 소설을 발표한 것은 그것이 처음이었다. 그만큼 이 작품은 단편 소설 작가로서의 포크너를 미국 문단에 널리 알리는 데 크게 이바지했다. 이 작품은 「헛간, 불태우다」와 함께 포크너의 대표적인 단편 소설로 그동안 미국 단편선이나 세계 단편선에 단골로 수록되었다.

문화 연구의 관점에서 보면「에밀리에게 장미를」은 다른 작품들과는 다소 차이가 난다. 남성 우월주의를 비판하되 한 가족 안에서 이루어지는 성차별을 다루기 때문이다. 일찍 어머니를 여읜 에밀리 그리어슨은 아버지와 함께 살고 있다. 집 안 살림을 맡고 자기를 부양할 사람이 필요한 아버지는 에밀리를 집에 계속 붙잡아 둔다. 이렇게 혼기를 놓친 그녀는 좀처럼 결혼 상대를 찾을 수 없게 된다.

　　우리는 오랫동안 그들을 한 폭의 활인화(活人畫)로 생각하고 있었다. 즉 미스 에밀리는 흰옷 차림의 날씬한 모습으로 뒤쪽 배경에 서 있고, 그녀의 아버지는 그녀에게 등을 돌린 채 말채찍을 손에 쥐고 양다리를 버티고 선 실루엣의 모습으로 앞쪽에 서 있었다. 그리고 활짝 열린 현관문은 활인화의 액자 노릇을 하고 있었다. 그리하여 나이가 서른이 다 되도록 에밀리가 독신으로 지낼 때 우리는 솔직히 기분이 좋았다고는 할 수 없어도 고소하게 여기긴 했다.

　　제퍼슨 주민들이 한 폭의 활인화로 생각하는 에밀리와 그녀 아버지 그리어슨의 모습은 자못 상징적이다. 흰옷 차림으로 뒤쪽에 서 있는 에밀리는 미혼의 청순한 자태를 한껏 뽐낸다. 한편 손에 말채찍을 쥔 채 양다리를 딱 벌리고 앞쪽에 선 아버지는 마을 청년들이 감히 에밀리에게 다가오지 못하도록 막아서는 모습이다. 제퍼슨 주민들은 에밀리가 서른이 넘도록 독신으로 지내자 동정하기는커녕 오히려 고소하게 생각한다. 문화 이론가들은 인종, 계급, 젠더에 따른 차별에 무게를 싣지만 자식에 대한 부모의 억압과 폭력에도 깊은 관심을 기울인다.

또한 이 작품에서 포크너는 한 국가 안에서 이루어지는 지역과 지역 사이의 차별을 다루기도 한다. 「에밀리에게 장미를」을 좀 더 꼼꼼히 살펴보면 북부와 남부 사이의 긴장과 갈등이 크다는 사실을 알 수 있다. 미국의 내전인 남북 전쟁이 끝난 지 반세기가 넘은 1920년대 말이나 1930년대 초에도 이 두 지역 사이에는 아직 앙금이 남아 있다. 에밀리의 아버지가 사망하고 1년 뒤 제퍼슨에서는 도로를 포장하기로 한다. 그 공사의 현장 감독으로 호머 배런이라는 북부 사람이 온다. 그런데 그 사람에 대한 읍내 주민들의 태도는 그를 '북부인'이라고 부르는 대신 '양키'라고 부르는 것에서도 쉽게 엿볼 수 있다. 앞에서 이미 언급했듯이 '양키'라는 단어는 외국인이 미국이나 미국 정부를 부정적으로 부를 때도 사용하지만 미국 남부인들이 북부인을 경멸적으로 부를 때 주로 사용하는 말이다. 읍내 사람들이 에밀리가 북부 출신인 호머와 눈이 맞아 사귀는 것을 탐탁하게 생각하지 않는 점도 바로 그 때문이다.

　　일요일 오후가 되면 두 사람은 한 쌍의 적갈색 말이 끄는 노란 바퀴의 사륜마차를 마차를 빌려 타고 읍내를 드라이브하는 모습을 보이기 시작한다. 그럴 때면 사람들은 "가엾은 에밀리!"니 "불쌍한 에밀리!"니 하며 "일가친척이라도 와 줘야 할 텐데."라고 말한다. 그 뒤 몇몇 부인은 에밀리의 행동이 읍 전체의 수치요, 젊은이들에게 나쁜 본보기가 된다고 말하기 시작한다. 남자들은 그러한 일에 간섭하려 들지 않지만, 여자들은 침례교 목사에게 에밀리의 집을 방문하도록 한다. 목사의 방문도 별로 효과를 거두지 못하자 목사의 아내는 앨라배마주에 사는 에밀리의 친척에게 편지를 보내 제퍼슨에 와 달라고 한다.

제퍼슨에서 일하는 동안 에밀리와 잠시 사귀었던 호머는 도로포장 공사가 마무리되자 그녀를 저버리려 한다. 그러자 에밀리는 약국에서 비소를 구매하여 그를 독살한 뒤 그의 시체를 침대에 눕혀 놓고 몇 십 년 동안 같이 지낸다. 같은 침대에서 호머와 함께 결혼한 부부처럼 지내는 것이다. 물론 포크너는 독자들에게 이 사실을 암묵적으로 말할 뿐이다. 일흔네 살의 나이로 마침내 에밀리는 세상을 떠나고, 읍내 사람들은 장례를 치르기 위해 그녀의 집을 방문한다. 장례를 치른 뒤 읍내 사람들은 지난 40년 동안 아무도 들어가 본 적이 없는 2층 방에 강제로 문을 열고 들어간다.

그때 사람들의 눈에 두 번째 베개에 나 있는 움푹 들어간 머리 자국이 들어온다. 그들 중 한 사람이 그 베개에서 무엇인가 집어 든다. 화자는 "눈에 보이지 않지만 메마르고 매캐한 먼지 냄새가 어렴풋하게 콧구멍에 스치며 기다란 철회색 머리카락 한 가닥이 보였다."라고 말한다. 에밀리의 머리칼이 철회색이었던 점으로 미루어 보아 그 머리카락은 에밀리의 것이 틀림없다. 이 2층 침실에서 그녀는 한동안 호머의 시체 옆에서 그를 포옹하며 지냈던 것이다. 이 마지막 장면에서는 남부 문학의 한 특징인 고딕 소설의 냄새가 물씬 풍긴다. 그러나 상징적인 의미에서 보면 에밀리의 이러한 엽기적인 행동은 북부에 대해 남부가 주장하는 정신적 승리일 수도 있다. 다시 말해 비록 군사적으로는 패배했을지 몰라도 정신적으로는 북부에 승리를 거두었다는 남부의 주장을 상징적으로 보여 주는 것이다.

「저 석양」과 교차성

킴벌리 크렌쇼가 말하는 교차성은 「에밀리에게 장미를」보다는 「저 석양」에 이르러 훨씬 더 분명하게 드러난다. 이 작품은 「가뭄이 든 9월」과 마찬가지로 인종을 둘러싼 문제를 다룬다. 콤슨 집안이 사는 제퍼슨은 백인과 흑인 사이의 벽이 무척 높다. 가령 이 읍내에는 백인이 거주하는 구역과 흑인이 거주하는 구역이 엄격히 구별되어 있다.

그러나 15년 전 월요일 오전은 고요하고 먼지가 뿌옇게 날렸으며 나무 그늘이 드리운 거리는 머리에 터번을 두른 흑인 여자들로 붐비곤 했다. 그들은 면화 부대만큼 큼직한, 침대 시트로 질끈 묶은 옷 보따리를 손으로 붙잡지도 않고 머리에 인 채 백인 집 부엌에서 나와 땅이 푹 꺼진 흑인 거주 지역으로 들어가 자기 오두막에 있는 그을린 솥단지 옆에 내려놓곤 했다.

위 인용문에서 '땅이 푹 꺼진 흑인 거주 지역'이라는 구절을 주목해 볼 필요가 있다. 1930년대 초만 해도 제퍼슨에는 흑인만이 사는 거주 지역이 따로 설정되어 있었다. '니거 할로(Nigger Hollow)'와 '프리드먼 타운(Freedman Town)'이라는 거주 지역이 바로 그것이었다. 그중 '니거 할로'는 이름 그대로 땅이 움푹 가라앉은 언덕 아래에 자리 잡고 있었다. 흑인 거주 지역은 옥스퍼드 광장을 중심으로 동서로 양쪽에 하나씩 있었다. 흑인들은 이 두 거주 지역 말고는 옥스퍼드의 다른 지역에서 살 수 없었다. 요즈음 기준으로 보면 주거의 자유를 침해하는 엄청난 범법 행위라고 하지 않을 수 없다.

또한 흑인 여성들이 집에 도착하여 보따리를 "오두막에 있는 그을린 솥단지 옆에 내려놓곤 했다."라는 문장도 눈여겨 보아야 한다. 여기서 오두막이란 두말할 나위 없이 『톰 아저 씨의 오두막』에 나오는 것 같은, 흑인들이 사는 초라한 주거 공간이다. 앞에서 언급했듯이 백인 농장주의 '헛간'보다도 초 라하다. 검게 그을린 솥단지는 세탁물을 삶기 위한 도구다. 흑 인 여성들은 읍내의 백인 집에서 빨래를 수거하여 세탁한 뒤 배달해 준다. 물론 자동차가 보편화되지 않았던 15년 전과는 달리 지금은 읍내에 세탁소가 생겨서 월요일 오전이면 자동 차로 읍내를 돌아다니며 세탁물을 수거하고 배달한다. 그러 나 예전 관습대로 여전히 백인들의 빨래를 맡아 해 주는 흑인 여자들이 있다.

더구나 콤슨 집안의 빨래를 해 주고 가정부가 없을 때면 음식도 해 주는 흑인 낸시는 백인들로부터 적잖이 억압과 학 대를 받고 착취를 당한다. 가령 그녀는 백인 남성들에게 몸을 팔지만 돈을 제대로 받지 못한다. 은행 출납계 직원이자 침례 교회 집사인 스토벌은 낸시와 몇 번이나 관계를 맺고도 돈을 주지 않는다. 낸시가 약속한 돈을 달라고 요구하자 그는 뒤꿈 치로 그녀의 얼굴을 걷어차 이가 빠지게 한다. 낸시의 내연 남 편 지저스가 호시탐탐 그녀를 죽이려 하는 것은 그녀가 여러 백인 남성들과 관계를 맺기 때문이다. 두 사람이 콤슨 집안의 부엌에서 주고받는 대화는 이 점을 뒷받침한다.

지저스는 부엌의 조리용 난로 뒤에 앉아 있었다. 그의 검은 얼 굴에는 지저분한 끈처럼 보이는 면도날에 베인 자국이 있었다. 그 는 낸시가 옷 속에 감추고 있는 게 수박이라고 했다.

"하지만 당신 넝쿨에서 나온 수박은 아니지." 낸시가 말했다.

"그럼 어떤 넝쿨에서 나온 건데요?" 캐디가 물었다.

"난 그 수박이 나온 넝쿨을 잘라 버릴 수 있어." 지저스가 내뱉었다. 드루실라

"어린애들 앞에서 어떻게 그런 말을 할 수 있지?" 낸시가 말했다. "왜 일하러 안 가? 식사 끝냈잖아. 부엌에서 어슬렁거리며 애들 앞에서 그런 식으로 지껄이다 제이슨 선생님한테 들키고 싶어서 그래?"

지저스의 얼굴에 지저분한 끈 같은 면도날에 베인 자국이 있음을 보면 그는 자주 싸움을 벌이곤 한 것 같다. 낸시가 옷속에 수박을 감추고 있다고 그가 말하는 까닭은 그녀가 임신하여 배가 부르기 때문이다. 또 낸시가 그 수박이 지저스의 넝쿨에서 나오지 않았다고 말하는 것은 다른 남성과 관계하여 임신한 아이라는 뜻이다. 지저스가 계속하여 수박이 나온 넝쿨을 잘라 버릴 수도 있다고 말하는 것은 그녀가 관계를 맺은 남성을 자신이 살해할 수도 있다는 협박이다.

위 인용문에서 볼 수 있듯이 낸시는 백인 중심 사회에서 억압받는 흑인일뿐더러 남성 중심의 가부장 사회에서 차별받는 여성이다. 그녀는 백인 남성한테서 온갖 차별과 학대를 받는 데에 그치지 않고 더 나아가 같은 인종인 흑인한테서도 차별과 억압을 받는다. 그런가 하면 그녀는 백인 집의 세탁이나 요리를 해 주면서 궁핍하게 살아가는 사회적 약자이기도 하다. 다시 말해 낸시는 흑인으로서, 여성으로서, 사회적 약자로서 이중, 삼중으로 억압받는다. 크렌쇼가 말하는 '교차성'은 낸시에게서 단적으로 엿볼 수 있다. 제퍼슨 감옥에 갇혀 있을

때 낸시는 자살을 기도한다. 교도관은 코카인을 흡입하여 그런 극단적 행동을 기도했다고 말하지만, 달리 생각해 보면 그녀의 삶은 자살을 결심할 만큼 비참하고 절망적이다. 오죽하면 그녀가 제이슨에게 "난 지옥에서 태어났단다, 꼬마야. 난 곧 아무것도 아닌 존재가 될 거야. 내가 온 곳으로 다시 돌아갈 거야."라고 말하겠는가. 한마디로 흑인 여성인 데다 사회적 약자인 낸시는 백인 중심의 가부장 사회에서, 그야말로 십자 포화를 맞은 희생자라고 해도 크게 틀리지 않으리라.

옮긴이 김욱동	한국외국어대학교 영문과 및 같은 대학원을 졸업하고 미국 미시시피 대학교에서 영문학 석사 학위를, 뉴욕 주립 대학교에서 영문학 박사 학위를 받았다. 하버드 대학교, 듀크 대학교 등에서 교환 교수를 역임했다. 현재 서강대학교 명예 교수이다. 지은 책으로 『번역의 미로』, 『번역과 한국의 근대』, 『포스트모더니즘』, 『은유와 환유』, 『문학 생태학을 위하여』, 『수사학이란 무엇인가』가 있으며, 옮긴 책으로 『위대한 개츠비』, 『노인과 바다』, 『왕자와 거지』, 『그리스인 조르바』, 『이선 프롬』, 『앵무새 죽이기』, 『새장에 갇힌 새가 왜 노래하는지 나는 아네』 등이 있다. 2011년 한국출판학술상 대상을 수상했다.

헛간, 불태우다　1판 1쇄 펴냄 2021년 1월 15일
　　　　　　　　1판 2쇄 펴냄 2022년 12월 19일

지은이　윌리엄 포크너
옮긴이　김욱동
발행인　박근섭, 박상준
펴낸곳　(주)민음사

출판등록 1966. 5. 19. 제16-490호
서울시 강남구 도산대로 1길 62(신사동)
강남출판문화센터 5층 06027
대표전화 02-515-2000 팩시밀리 02-515-2007
www.minumsa.com

© 김욱동, 2021. Printed in Seoul, Korea

ISBN 978 89 374 2975 0 04800
ISBN 978 89 374 2900 2 (세트)